Éloge de la sieste

Du même auteur

Libérez-vous du tabac, *J'ai lu 7705*

Stress-Control

Mangez mieux, vivez mieux !

Comment vous libérer du tabac

Renforcez votre immunité

Le nucléaire, avenir de l'écologie ?

Comment réussir ses examens

Délicieux insectes

Santé préventive, par la mesure du tremblement nerveux

L'optimisme, moteur de la réussite

Voir aussi www.comby.org et cliquer sur « livres »

Publications scientifiques :

Modélisation numérique des trajectoires de rentrée atmosphérique d'engins spatiaux pilotables

La lutte anti-tabac dans l'entreprise

Influence du facteur alimentaire sur l'évolution de l'état de santé de sujets séropositifs au virus HIV

Multi-parameter analysis of tremor

New method for the measurement of tremor at rest

Méthode optimale et contrôlée de production industrielle d'insectes

BRUNO COMBY

Éloge de la sieste

Préface de Jacques Chirac
Président de la République française

et du professeur Michel Billiard
de la faculté de médecine de Montpellier

J'AI LU

Bienêtre

« Le repos, trésor si précieux
qu'on en faisait jadis le partage des dieux. »
LA FONTAINE

Ce livre est dédié à Morphée,

Morphée, le dieu des songes chez les Grecs,
fils d'Hypnos, le dieu du sommeil.

Morphée, le voyageur des songes,
qui se déplace instantanément
en n'importe quel point de la Terre
par le battement silencieux de ses ailes
pour s'insinuer dans nos rêves.

En reconnaissance pour les trésors de bienfaits
dont il nous comble...

Sommaire

théorie et pratique – Le plaisir de dormir, un chemin vers l'harmonie.

Chapitre 2 : Comment faire la sieste ?

Faire la sieste, cela s'apprend et se perfectionne – La sieste des petits et des grands – Les positions pour faire la sieste – L'heure de la sieste – Différents types de siestes – Où peut-on faire la sieste ? – Les rituels de la sieste – Combien de temps doit durer une sieste ? – Sieste royale, sieste-relax et sieste-flash – La sieste en urgence – La respiration pendant la sieste – Les accessoires de la sieste – Que faire pendant la sieste ? – Exercices pour bien faire la sieste – Exercice n° 1 : La sieste basique – Exercice n° 2 : Comment se réveiller en pleine forme – Exercice n° 3 : Variez les lieux et la posture – Exercice n° 4 : Visualisation de la lourdeur – Exercice n° 5 : Visualisation de la chaleur – Exercice n° 6 : Mouvements oculaires – Exercice n° 7 : Relaxation des différentes zones du corps – Exercice n° 8 : Contractions statiques – Pour les plus récalcitrants – Cahier de sieste – Savoir bien se réveiller – Comment changer sa vie – La cure de sieste de huit jours.

Chapitre 3 : La sieste, source de santé

Stress et mauvaise santé sont la rançon du progrès – L'homme moderne ne sait plus dormir – Un bon sommeil vaut plus que tout l'or du monde – Les somnifères : une fausse solution aux problèmes de sommeil – Comment vaincre l'insomnie grâce à la sieste – Café et cigarette : l'art de brûler les feux rouges – La sieste diminue le risque d'accident cardiovasculaire – La sieste et l'amour – Les idées fausses sur le sommeil – La sieste est indispensable – La sieste comparée aux autres méthodes de prévention – Réduire son temps de sommeil : c'est possible – La sieste : un remède universel.

Chapitre 4 : La sieste, source de créativité

La sieste libère notre génie intérieur – Les siesteurs célèbres – L'inconscient, un potentiel infini de créativité – La maîtrise du subconscient est la base de toute créativité et de tout développement personnel – Comment rendre vos siestes plus créatives – Comment résoudre des problèmes difficiles pendant la sieste.

Préface de Jacques Chirac

Président de la République française

C'est avec un peu d'étonnement que j'accueillais la proposition de Bruno Comby d'écrire une préface à son *Éloge de la sieste*, un peu d'amusement aussi, car je gardais en mémoire les recettes de M. Comby pour mieux vivre : en particulier, ses préparations culinaires à base d'insectes, paraît-il délicieuses, à la tentation desquelles j'avoue, à ma grande honte, n'avoir pas encore cédé…

Mais, à bien y réfléchir, partant de mon expérience de la sieste, de tout ce qu'elle m'apporte et de tout ce qu'elle m'autorise dans mon emploi du temps, cette idée d'un ouvrage qui serait, à la fois, un encouragement à pratiquer la sieste et un mode d'emploi m'a finalement conquis. À condition, toutefois, d'être bien comprise.

Et ce n'est pas facile chez nous où le fait d'évoquer le repos suscite souvent la plaisanterie. Il n'est qu'à se rappeler combien notre humour populaire aime à railler la sieste et ceux qui la pratiquent. On continuera, longtemps sans doute, à sourire de la prétendue paresse des Latins qui observent, depuis la plus haute antiquité, cette pause des débuts d'après-midi où la chaleur rend toute activité pénible. Pourtant, comme il est maladroit de confondre sommeil et paresse !

Le repos est une affaire sérieuse, dont la qualité conditionne notre existence. De nombreuses religions ont sacralisé le sommeil dont Charles Péguy écrivait qu'il est « l'ami de Dieu [et] de l'homme ». Les anciens savaient que la clé des songes est aussi celle de l'équilibre et du bonheur, et recommandaient la pratique de la sieste.

Il est de fait qu'elle facilite grandement la vie de ceux qui la pratiquent régulièrement, soit qu'elle les repose, tout simplement, soit encore, je peux en témoigner, qu'elle leur octroie, pour travailler, les extraordinaires créneaux d'efficacité intellectuelle de la nuit.

Parmi nos illustres contemporains, André Gide, qui en était le fervent adepte, avouait lui consacrer deux heures quotidiennes, parfois plus, et en tirait une grande satisfaction.

Il y a des raisons biologiques à cela, et Bruno Comby s'emploie à les analyser avec toute sa rigueur scientifique, en bousculant au passage, comme il en a l'habitude, quelques idées reçues.

Non, la sieste n'hypothèque pas le sommeil nocturne. Au contraire, l'auteur conseille de fractionner le sommeil, pour obéir aux rythmes naturels de l'organisme qui pourra ensuite se contenter de nuits écourtées.

Oui, la sieste est une recette d'équilibre à la portée de tous, quand on sait qu'un seul quart d'heure de bon repos suffit pour réparer les plus grandes fatigues.

Plus qu'un éloge, le livre de Bruno Comby sera le précieux partenaire de tous les hommes et de toutes les femmes pressés qui pensent qu'une journée de vingt-quatre heures est trop courte, et pour les autres, un guide vers de nouveaux horizons d'équilibre et de détente véritable.

Jacques CHIRAC

Préface
du professeur Michel Billiard
de la faculté de médecine de Montpellier

« Pour un Européen, un travail, quel qu'il soit, effectué sous les tropiques est de toute évidence plus épuisant qu'en climat tempéré. Si le natif de l'endroit, employé de bureau ou charpentier, trouve que la nature le fait dormir après son travail du matin et un repas léger à midi, il n'est pas raisonnable qu'un Européen résiste à ce qui semble être une inclination naturelle à dormir, pourvu que celle-ci ne soit pas artificiellement stimulée par une nourriture et des boissons excessives[1]. »

Ces lignes écrites à la fin du XIXe siècle, par un médecin dont on ne connaît que les initiales, situent tout à fait exactement la sieste, une inclination naturelle à dormir au milieu du jour, à distinguer du sommeil pesant et prolongé induit par la prise excessive de nourriture et de boissons.

---

1. W.M.E., « The siesta, Gold Coast Custom », *The Journal of Tropical Medicine,* vol. 1, 168 p.

Depuis lors, de nombreuses expériences nous ont permis de mieux appréhender la sieste. Il existe un rythme semi-circadien du sommeil rendant compte de cet épisode secondaire de sommeil de jour après l'épisode principal de sommeil généralement nocturne. Le sommeil lent profond, restaurateur de nos facultés d'attention, de discours et de mémoire, a une propension naturelle à se manifester dans les premières heures du sommeil de la nuit et pendant la sieste. La sieste ne nécessite pas d'être longue pour être reposante.

Un sommeil que l'on pourrait appeler diphasique, avec un épisode principal au cours de la nuit et un épisode secondaire au milieu du jour, convient mieux, au moins à certains individus, qu'un sommeil monophasique situé tout entier la nuit.

La sieste n'effraie ni l'enfant, volontiers apeuré par la nuit, ni sans doute l'insomniaque mal à l'aise le soir au seuil de pénétrer dans sa chambre.

La sieste serait certainement recommandable pour les travailleurs postés et les personnels de navigation aérienne amenés à travailler en dehors de leurs heures optimales de performance.

La sieste constitue la meilleure thérapeutique d'une maladie peu connue mais non rare, la narcolepsie, caractérisée par des accès de sommeil irrésistibles se renouvelant plusieurs fois dans la journée et cause de perturbations socioprofessionnelles importantes.

Aujourd'hui, avec le développement du travail en continu et les situations exercées loin des lieux d'habitation, la sieste est en péril.

C'est pourquoi l'éloge de la sieste que nous propose Bruno Comby, diplômé de l'une des écoles les plus prestigieuses de notre pays, écrivain membre de la Société des gens de lettres, passionné de santé et auteur déjà de plusieurs autres livres, vient à point nommé. Écrit de façon attrayante, le livre puise aux sources scientifiques les plus sûres. C'est le meilleur gage de sa qualité et de son pouvoir de persuasion.

Michel BILLIARD
*Professeur de neurologie
à la faculté de médecine de Montpellier
Directeur de l'Unité des troubles du sommeil
et de l'éveil
du centre hospitalier régional
et universitaire de Montpellier.*

Encouragement

de Jean-Claude Bourret

La sieste est le commencement de la sagesse. Elle rappelle que le temps est d'abord la gestion de notre rythme de vie biologique. Faire la sieste, c'est accomplir ce cycle équilibrant. C'est aussi une immense jouissance pour ceux qui gèrent ainsi leur vie.

Bruno Comby saura vous convaincre de la grandeur et de la nécessité de cet instant d'abandon.

Jean-Claude BOURRET
Ancien présentateur du journal d'information
à la télévision française.

Introduction

de Daniel Ameline

La santé peut être un élément de soucis et de dépenses, mais aussi un élément de plaisir et d'économies. Pourquoi ne pas regarder le côté plein de la bouteille (santé, bien-être) plutôt que le côté vide (maladie) ?

Pourquoi ne pas s'intéresser d'abord à la forme, au moral, au préventif, plutôt qu'aux soins, au curatif ? Voilà un sujet qui m'est cher et que je méditais lorsque Bruno Comby vint me parler de son ouvrage sur la sieste.

Quoi de plus fondamental et en même temps caractéristique de la bonne santé que de se sentir bien reposé et en pleine forme ? La particularité de ce livre n'est pas de se pencher sur le repos nocturne, mais sur la sieste, ce repos pris à n'importe quel moment de la journée.

Sans doute sommes-nous tous des familiers de la sieste. C'est presque une coutume chez nous l'été, en vacances, après les bons repas et dans les régions chaudes. Nos amis espagnols savent en tirer profit pour rester d'une redoutable efficacité au travail même après avoir passé une nuit blanche. C'est la sieste traditionnelle, la sieste qui repose.

Je suis encore plus intéressé par la notion de sieste déclenchée, cette coupure volontaire que l'on peut effectuer n'importe où, n'importe quand, lorsque l'occasion s'en présente et que le besoin s'en fait sentir.

La plupart des hommes d'affaires, grands voyageurs, qui doivent se plier aux impératifs de lieu et de temps de leurs clients, connaissent trois préoccupations classiques : manger, pisser et dormir ! Manger, les compagnies de transport s'en chargent, et puis, il y a les restaurants ; pisser, les immeubles disposent tous de lieux d'aisances, et puis, il y a les arbres... Mais pour dormir, vous ne devez compter que sur vous et votre capacité à faire la sieste n'importe où.

C'est un businessman américain qui m'a fait découvrir cela au cours d'un voyage. Depuis que j'applique cette recette, plus d'un collaborateur ou d'un interlocuteur a été surpris de mon dynamisme après de longs voyages et des nuits sans sommeil. Je récupère très vite la fatigue au cours de déplacements professionnels, dès lors que je dispose de quelques instants pour « disjoncter ».

La sieste chère à Bruno Comby me tient à cœur aussi et son ouvrage totalement dédié à ce sujet apportera à tous, moi inclus, une clé de ce bref repos réparateur, source d'équilibre et d'innovation.

La pratique et la promotion de la sieste ont un double effet bienfaisant pour le budget de la Sécurité sociale et pour les entreprises : un effet direct par une diminution de la consommation de calmants et somnifères, et un effet indirect par une amélioration de la santé. Voilà qui me satisfait pleinement et qui devrait réjouir aussi, je l'espère, tous nos ministres de la Santé passés et à venir.

Daniel AMELINE
Homme d'affaires,
ancien directeur général de Philips Systèmes médicaux
et ex-président du SNITEM (Syndicat national de l'industrie
des technologies médicales),
délégué général du Conseil national des ingénieurs
et scientifiques (CNISF).

Encouragement de Mœbius

Tout est sacré dans l'univers. Il n'y a pas de hiérarchie. Les cellules du cerveau sont aussi vitales que les cellules du pied ou celles du cœur. L'ensemble forme un tout au sein duquel chaque partie est reliée à toutes les autres.

Ce livre nous montre que la sieste fait partie intégrante de l'univers et de la vie. À première vue, la sieste pourrait paraître superflue ou en tout cas improductive, mais, en fait, parce qu'elle fait partie intégrante de l'harmonie universelle, la sieste est bénéfique même dans une optique productiviste.

Bruno Comby est un scientifique. Ce qu'il fait est très puissant, car il aborde avec le même sérieux, sans pour autant se prendre lui-même au sérieux, des sujets essentiels pour notre bien-être et notre santé. Certains des thèmes qu'il traite sont très populaires (*Stress-Control, Mangez mieux, Libérez-vous du tabac*) et d'autres sont extrêmement novateurs (*Délicieux insectes, Renforcez votre immunité, Le nucléaire avenir de l'écologie*). Ce nouveau livre, *Éloge de la sieste*, réunit toutes les qualités des précédents : il est à la fois très populaire et très novateur. Dans son travail, Bruno Comby procède ainsi toujours avec la même méthode et le même respect de chaque détail. Il donne la même attention à tout et à tous.

Chacun cherche à vivre mieux. Être soi, c'est le bonheur total. La sieste nous aide à progresser sur ce chemin. Lisez ce livre en prêtant attention à chaque virgule : il est plus que plaisant, il est très puissant.

Jean GIRAUD, *alias « Mœbius »*

AVANT-PROPOS

« Viva la siesta ! »

« Viva la siesta ! » Tel est le titre d'un article publié par la très sérieuse Fédération des syndicats patronaux en Suisse. Ce texte, extrait du n° 14 d'octobre 1989 de la revue *FSP-Informations,* que nous reproduisons intégralement ci-dessous avec l'aimable autorisation de l'auteur et du rédacteur de la revue, montre que la sieste n'est pas seulement l'apanage des paresseux et des fainéants, mais qu'elle est aussi, comme nous le verrons dans le chapitre consacré à l'efficacité, un gage de réussite et de performance pour l'entreprise :

« Des recherches menées parallèlement aux États-Unis, en Allemagne et en Israël ont montré que l'homme semble être biologiquement programmé pour faire un petit somme dans l'après-midi. Il est amusant que cette redécouverte de la fonction de la sieste soit le fait de trois pays particulièrement attachés à l'efficience et au rendement et qui, jusqu'ici, considéraient avec un œil pour le moins condescendant cette coutume ancestrale du pourtour méditerranéen et de maints pays tropicaux.

Un grand nombre d'études, allant de l'enregistrement des ondes du cerveau à la prise en compte de journaux de bord de dormeurs, ont abouti à une même conclusion surprenante : une forte tendance biologique à s'endormir au cœur de l'après-midi. Et contrairement à une idée reçue, ce phénomène se produit que l'on ait mangé ou pas à midi.

C'est en 1986 seulement que furent publiés les résultats de deux études décisives sur le sommeil, menées l'une à l'Institut de physiologie circadienne de Boston, l'autre à l'Institut Max-Planck de Munich. Dans les deux cas, des volontaires ont été logés pendant plusieurs semaines d'affilée dans des locaux illuminés artificiellement, sans montre et sans aucun indice permettant de savoir s'il faisait nuit ou jour. Ces volontaires pouvaient dormir quand ils le désiraient. On fit des constatations identiques dans les deux instituts : laissés à leur propre rythme, les volontaires tendaient à dormir en deux périodes, une longue la nuit, une autre, d'une heure ou deux, l'après-midi. En moyenne, les petits sommes de l'après-midi débutaient douze heures après le milieu de la principale période de sommeil. Ces observations ont conduit les chercheurs à la conclusion que le besoin de dormir l'après-midi fait partie intégrante de l'horloge biologique qui règle nos cycles de veille et de repos. Cela a été corroboré par la constatation que la sieste, dans les pays où elle est encore pratiquée, est toujours placée au milieu de l'après-midi, ainsi que par l'observation, dans de nombreuses autres études, d'une nette chute de productivité des travailleurs à ce moment de la journée.

Quelle application donner à ces découvertes ? Le bon sens indique que, pour le moins dans des métiers où la propension à s'endormir pourrait avoir des conséquences catastrophiques (chauffeurs de poids lourds, aiguilleurs du ciel, chirurgiens...) une plus grande attention devrait être *accordée aux rythmes naturels. Et, maintenant que l'économie se tertiarise partout dans le monde, on pourrait même aller jusqu'à réintroduire des siestes, que l'industrialisation a fait disparaître, et modifier les horaires de travail en conséquence.*

Une telle mesure, selon les études scientifiques mentionnées plus haut, profiterait d'ailleurs à tous : après un petit somme, on est non seulement plus à même d'accorder une attention plus soutenue à son travail, mais on prend plus efficacement des déci sions compliquées. Et puis, on a également constaté qu'une petite sieste remet toujours de bonne humeur, ce qui, pour certains, justifierait amplement une telle pause ! »

Pierre BONNET

de la Fédération des syndicats patronaux en Suisse.

INTRODUCTION À LA SIESTE

« Vivez si m'en croyez, n'attendez à demain.
Cueillez dès aujourd'hui les roses de la vie. »

Pierre DE RONSARD

Pourquoi ce livre ?

Ce livre est né dans une ambiance de rêve : l'idée d'écrire sur la sieste m'est venue par une très belle journée de novembre 1989 en Martinique... en faisant la sieste bien sûr !

Un ami médecin m'avait invité à venir quelques semaines aux Antilles pour y animer un séminaire sur le développement des pouvoirs du cerveau. À la fin du stage, il me restait quelques jours à passer sur place avant de reprendre l'avion vers Paris. Je décidai de profiter de ces quelques jours de repos pour faire le point sur ma vie, mes recherches, mes livres et mes projets. L'après-midi, je me suis endormi au soleil sur une plage de sable fin, pour une petite sieste digestive d'une demi-heure, comme j'aime le faire souvent. J'adore dormir ! Le sommeil est, avec la planche à voile, l'un de mes sports préférés. En Martinique, j'étais comblé des deux côtés ! En me réveillant de cette sieste tropicale, je me suis senti tellement rempli d'une énergie extraordinaire et d'un bien-être indescriptible que je me suis promis d'écrire un jour un livre sur cet outil fantastique, totalement gratuit (même en ville !), mais pourtant tellement efficace pour vivre en pleine forme : la sieste.

Vivre comme au paradis

« Si un homme parcourait en rêve le paradis
et qu'on lui donnait, pour preuve qu'il y a été, une fleur,
et qu'il voyait au réveil cette fleur dans sa main,
que faudrait-il en conclure ? »

Samuel Taylor COLERIDGE[1]

Nous rêvons tous du paradis, d'un monde idéal où tout serait merveilleux et facile. Sur cette planète imaginaire, le stress et la maladie n'existent plus. Tous les hommes vivent libres et heureux, bien dans leur peau. L'amour et la sympathie régissent les rapports humains. L'agressivité et la guerre ont disparu. Un tel monde est-il une utopie complète ou un rêve un peu fou, qu'il ne tient qu'à nous de réaliser ?

Il existe d'autres manières de vivre que celles que nous connaissons. L'observation des modes de vie de différentes civilisations montre que les civilisations calmes, non violentes, non stressées, savent prendre le temps de vivre, de dormir et de rêver ! Dans notre société, où le stress est devenu omniprésent, où l'agressivité, la suspicion et la compétition régissent les rapports humains, la sieste est un

1. Traduit de Jorge Luis Borges, *Die Träume,* Hanser, Munich, 1981, p. 52.

moyen simple et efficace pour retrouver le bien-être au niveau individuel tout en restant performant au niveau du travail et de nos entreprises. La sieste n'est pas une utopie mais un outil pratique, facile à mettre en œuvre, qui ne requiert aucun effort, pour retrouver un petit bout de ce paradis merveilleux dont nous rêvons tous.

Un livre unique au monde

Cet ouvrage est le seul au monde qui soit entièrement consacré à la sieste. Beaucoup de livres ont déjà été publiés sur l'importance d'un bon sommeil, mais aucun d'entre eux n'approfondit les bienfaits de la sieste. Pourtant, la sieste est, comme nous allons le voir, un élément très important, souvent négligé, de notre sommeil. Ce livre a été écrit pour tous ceux qui aiment le bon côté des choses. Mener une vie plus agréable, en meilleure santé, à l'abri du stress, tout en travaillant dans la bonne humeur : tout cela est parfaitement possible pour nous tous dès aujourd'hui !

Certains textes ou certains passages de ce livre peuvent sembler s'adresser à des enfants. S'il en va ainsi, c'est parce que ce livre s'adresse en fait à l'enfant qui se trouve en chacun de nous et qui est la partie la plus spontanée, la plus créative et la plus profonde de notre personnalité.

La santé et le bonheur, c'est facile !

Par bien des aspects, ce livre vous paraîtra simple, évident, presque naïf. Cela est volontaire. C'est souvent en mettant en pratique les choses les plus élémentaires, en enfonçant des portes ouvertes, que l'on progresse le plus efficacement dans la vie. C'est particulièrement vrai en matière de santé. Manger quand on a faim, choisir des aliments qui conviennent à notre organisme, dormir quand on a sommeil, respecter ses rythmes biologiques : c'est un paradoxe du monde moderne que de devoir réapprendre ce que tous les animaux savent faire d'instinct !

Ce n'est pas en consommant des médicaments de plus en plus perfectionnés que l'on accède à la santé, mais tout simplement en apprenant à connaître son corps, ses besoins, ses rythmes. Suivez et lisez attentivement ce qui va suivre et vous verrez qu'avec un mode de vie plus naturel, dont la sieste fait partie, la santé et le bonheur, c'est élémentaire !

La sieste est facile à comprendre, à appliquer et à enseigner. En fait, il n'est même pas besoin d'apprendre : les enfants savent déjà d'instinct faire la sieste. Il nous suffit d'apprendre à redevenir des enfants...

Définition de la sieste

Le mot « sieste » vient du latin *sixta,* qui signifie « la sixième heure du jour » et qui désigne en fait l'heure du midi chez les Romains. La sieste est donc le repos, accompagné ou non de sommeil, qui suit le repas de midi. On peut s'endormir au cours d'une sieste, mais cela n'est pas forcément le cas : une séance de relaxation ou la simple habitude de s'allonger quelques instants en cours de journée peuvent être considérées comme une sieste. La sieste est pratiquée par tous les peuples de la Terre et même, plus généralement, par tous les mammifères et par la plupart des espèces animales. Elle fait partie, comme nous allons le voir, de nos rythmes biologiques fondamentaux.

Les anciens connaissaient bien les vertus de la sieste

La sieste faisait partie intégrante de la vie de nos grands-parents. Elle dissout les tensions, ramène plus de vitalité et de santé, rend aimable... Nous l'avions oublié mais nos aïeux le savaient bien ! Après avoir exploré un mode de vie trépidant et avoir été pendant plusieurs décennies soumis au stress, nous assistons aujourd'hui à un vaste mouvement, tendant à revaloriser la nature, le respect de l'homme et les valeurs simples d'antan. Comme le disait Horace : « Beaucoup de choses renaîtront, qui étaient depuis longtemps oubliées. »

La sieste fait partie de ce mouvement général en faveur d'une plus grande conscience et du désir de vivre sainement.

Les bienfaits innombrables de la sieste

Faire la sieste est une activité agréable et naturelle ! Ce livre veut vous aider à redécouvrir les nombreux bienfaits de la sieste. Après avoir fait connaissance avec nos rythmes biologiques (chapitre « Les rythmes biologiques »), nous découvrirons de manière très pratique le mode d'emploi de la sieste (« Comment faire la sieste »), car il existe, en fonction des circonstances, de nombreuses manières de faire la sieste. Ensuite, nous verrons que la sieste est un important facteur de santé (« La sieste, source de santé »). Il est par exemple démontré scientifiquement que la pratique régulière de la sieste diminue le risque d'accident cardiovasculaire. Mais la sieste est aussi une source inépuisable de créativité et d'intuition (« La sieste, source de créativité ») qui permet à notre génie intérieur de s'exprimer. On peut en effet trouver au cours d'une sieste la solution à toutes sortes de problèmes, et ceci dans tous les domaines de la vie personnelle et professionnelle : questions scientifiques, inspiration artistique, choix professionnels, vie amoureuse... Vous pouvez trouver dans la sieste des réponses à toutes les questions que vous vous posez. De plus, la sieste est aussi une source d'efficacité accrue aussi bien pour chacun, au niveau individuel, que pour les entreprises (« La sieste, source d'efficacité »). La sieste développe également la puissance de votre esprit et peut être utilisée pour prier ou pour méditer à des fins spirituelles (« La sieste, source de spiritualité »). Nous verrons (« Devenir un champion de la sieste ») ce qu'est un champion de la sieste et comment nous pouvons tous devenir des champions de la sieste en acquérant la capacité de se relaxer instantanément et n'importe où en moins d'une minute. Enfin, nous pourrons nous situer grâce à un test d'évaluation : « Êtes-vous un champion de la sieste ? » Nous serons alors amenés à conclure (« L'avenir de la sieste ») qu'il est important pour notre bien-être, pour la santé publique et pour l'efficacité de nos entreprises, de remettre la sieste à l'honneur et nous proposerons à cet effet une « Charte de la sieste ».

Nous pouvons tous profiter des bienfaits de la sieste. C'est pourquoi ce livre s'adresse aussi bien aux adultes qu'aux enfants, aux femmes qu'aux hommes, aux riches qu'aux pauvres, aux malades qu'aux athlètes... À ceux qui sont actifs, la sieste permet de vivre à l'abri du stress et de rester dynamiques en rechargeant efficacement les batteries. À ceux qui restent à la maison, mères de famille, chômeurs, personnes âgées... la sieste permet de rythmer la journée, d'être plus créatif et de vivre en harmonie.

En résumé, au-delà des plaisirs et des bienfaits innombrables de la sieste, ce livre vise aussi à nous apprendre à mieux nous connaître, pour mieux vivre, prévenir les maladies et élever notre niveau de conscience en développant l'ensemble de nos facultés psychiques et spirituelles.

« Je n'ai pas le temps » : une fausse excuse

Je vois déjà votre objection : « Je n'ai pas le temps. » Nous traiterons ce problème plus en détail au chapitre sur l'efficacité. Nous verrons que le temps passé à faire la sieste n'est pas du temps perdu, mais du temps gagné, pour les entreprises comme pour les particuliers. Car la sieste est un excellent investissement : elle ne coûte rien, si ce n'est une demi-heure par jour et elle rapporte beaucoup, y compris du temps. Un emploi du temps chargé n'est donc pas une raison valable pour rejeter la sieste. Des personnages bien plus célèbres et bien plus occupés que vous et moi ont pu trouver du temps pour la sieste. Pourquoi pas vous ? Un proverbe chinois dit : « Celui qui veut faire quelque chose trouve un moyen pour y parvenir, celui qui ne veut pas faire quelque chose cherche une excuse. » La question du temps est une fausse question, et l'argument « pas le temps » n'est qu'une justification de notre stress permanent. La vraie question est : « Avons-nous vraiment envie d'arrêter de courir et de nous stresser inutilement ? »

À force de s'agiter dans d'innombrables activités, nombreux sont ceux qui ne prennent plus le temps de vivre. Combien de personnes, dès qu'elles ont quelques minutes de tranquillité, les utilisent pour se ressourcer ? La plupart du temps, nous profitons du moindre répit pour allumer la radio ou la télévision, qui ne font que nous stresser davantage. Ou alors nous fonçons tête baissée dans de nouveaux projets, alors que le précédent travail n'est pas terminé ! L'activisme est une manière de ne pas vouloir regarder les choses en face, et c'est un moyen de justifier notre stress et le non-respect de nos rythmes biologiques. En fait, nous avons le temps que nous voulons bien prendre et il ne tient qu'à nous de nous organiser pour avoir du temps pour soi. Nous pouvons tous trouver un moment dans la journée pour faire la sieste, ne serait-ce que dix minutes, si vraiment nous le désirons.

Comment lire ce livre : tranquillement

Pour lire ce livre, installez-vous confortablement dans un bon fauteuil, un canapé, ou un hamac. Faites la sieste un quart d'heure si nécessaire et ensuite seulement savourez lentement les pages qui suivent, sirotez-les avec délectation, comme on déguste une bonne boisson rafraîchissante, sans se presser... et sans vous stresser surtout ! Prenez votre temps pour lire à votre rythme. Mieux vaut lire peu, mais en tirer des applications pratiques, que lire beaucoup, très vite, sans rien changer à votre vie. En matière de bien-être, c'est le résultat qui compte et non les théories ! Pour bénéficier de ce livre sans vous stresser et sans perdre de temps, emportez-le avec vous dans vos déplacements de travail, week-ends, vacances. Profitez de vos temps morts pour lire quelques phrases et y réfléchir, par exemple en attendant le taxi ou dans l'avion... Prévoyez de lire ce livre non pas une fois, mais deux : parcourez-le à nouveau dans six mois exactement (notez dès maintenant dans votre agenda : « Relire livre sieste » à la date d'aujourd'hui plus six mois), pour vérifier que vous en avez bien appliqué les principes. Enfin, quand vous aurez terminé votre lecture, plutôt que de le ranger sur une étagère d'où il ne bougera plus, vous ferez un heureux en le prêtant à un ami ou à un membre de votre famille : le stress étant universel, tout le monde aspire, comme vous, à une vie tranquille, et tout le monde a besoin de redécouvrir les plaisirs de la sieste.

Ce livre veut être avant tout un guide pratique et pas seulement un recueil de réflexions intellectuelles sur la sieste. J'aurai atteint mon but quand, grâce à ce livre, vous ferez à l'avenir la sieste plus souvent, que vous en retirerez du plaisir, que cela vous rendra plus efficace dans le travail, et surtout quand vous parviendrez, d'ici quelques mois, à devenir un champion de la sieste, capable de vous endormir et de vous reposer n'importe où en moins d'une minute.

Sachez également que l'enseignement de ce livre va bien au-delà de la sieste. Il s'agit en fait d'une philosophie de la vie. Cet enseignement est un véritable trésor et il peut changer votre conception des choses. Il aurait été facile de le résumer en quelques formules lapidaires à apprendre par cœur. Cependant, l'expérience montre que chacun doit parcourir son propre chemin. Les clés du bonheur ne peuvent pas être offertes à autrui : c'est à nous de les découvrir. On comprend mieux ce que l'on a découvert soi-même que ce qui nous est offert tout cuit. Vous seul pouvez reconstituer le trésor au fur et à mesure de votre lecture. Cherchez entre les lignes les secrets du bonheur et d'une vie heureuse. Si votre quête est sincère, vous trouverez ce que vous cherchez, et vous constaterez à quel point les choses les plus simples peuvent complètement changer votre vie. Tout dépend de votre état d'esprit. Alors, bonne lecture !

Chapitre 1

Les rythmes biologiques

« Le nombre de connaissances qui suffisent à entretenir la sagesse est très petit et ce sont des connaissances très simples. »

Louis LAVELLE

La chronobiologie : l'étude des rythmes de la vie

La notion de rythme est omniprésente dans la nature : alternance de la vie et de la mort, de l'inspiration et de l'expiration, du flux et du reflux des marées, du jour et de la nuit, rythme de la lune, cycle des saisons. Qu'il s'agisse de rotations des planètes autour des étoiles ou d'oscillations moléculaires extrêmement rapides, pratiquement tout dans l'univers est rythmique. L'activité périodique est ainsi une propriété fondamentale de la matière vivante. Ces rythmes de la vie sont appelés « rythmes biologiques » et la branche de la biologie qui les étudie s'appelle la chronobiologie (du grec *chronos,* qui signifie le temps, *bio,* la vie, et *logos,* l'étude ou la science). Cette science, dont les racines sont très anciennes puisque les Égyptiens s'y intéressaient déjà il y a trois mille ans, nous apprend qu'il y a un temps pour tout. Le fonctionnement de notre organisme est régi par toute une série d'horloges qui interagissent. Ces horloges déterminent le taux de certaines hormones, notre vitalité, notre température corporelle et, bien sûr, notre sommeil. L'une des applications de la chronobiologie consiste à déterminer le moment optimal pour prendre un traitement médical avec un maximum d'efficacité et un minimum d'effets secondaires. En effet, dans de nombreux cas, l'action d'un médicament, et donc la dose à prescrire, sont différentes en fonction de l'heure à laquelle le médicament est administré.

Une question qui se pose alors est de savoir où, dans notre organisme, se trouvent ces « horloges » qui régulent nos rythmes biologiques, et en particulier les rythmes du sommeil. Les chercheurs ont en particulier cherché à localiser ces horloges dans le cerveau. Pendant longtemps, l'épiphyse, une minuscule partie du cerveau d'environ cinq millimètres de diamètre également appelée glande pinéale, a été considérée comme le régulateur de nos horloges internes. Hérophile, médecin grec né vers 335 avant J.-C., pensait déjà que cette glande jouait le rôle important de « sphincter des pensées ».

Ensuite, Descartes a cru avoir trouvé dans l'épiphyse le lieu de « l'âme rationnelle ». Il est vrai que cette glande joue un rôle important dans notre cerveau, mais il ne s'agit pas de « l'horloge centrale » tant recherchée.

Aujourd'hui, l'hypothèse d'une horloge unique a été abandonnée (G. Racle) et l'on pense plutôt que nos rythmes biologiques sont gérés par une multitude d'horloges ou « oscillateurs » situés à différents niveaux : cellules, tissus, organes...

L'un des rythmes principaux sur Terre est le cycle nycthéméral (du grec *nuctos,* nuit, et *hemera,* jour) d'alternance du jour et de la nuit. Ce rythme est de vingt-quatre heures, durée nécessaire pour que la Terre effectue une rotation sur elle-même dans l'espace. Ce rythme règle l'activité et le repos de la plupart des espèces vivantes sur Terre. Il est en grande partie régulé par la lumière du jour. En effet, il a été montré que des individus ou des animaux placés en état d'isolement total, ne subissant plus l'alternance jour/nuit et libres de vivre comme ils le souhaitent, ne vivent plus selon un cycle de vingt-quatre heures, mais selon un cycle différent.

L'invention de la lumière artificielle que nous devons à Edison, il y a plus d'un siècle, est sans doute un grand progrès pour l'humanité. Mais cette invention géniale, en introduisant des conditions d'éclairage différentes de l'éclairage naturel est certainement en partie responsable du dérèglement de notre sommeil et de nos rythmes biologiques. La lumière artificielle permet de ne pas respecter nos rythmes biologiques et peut modifier le fonctionnement de nos horloges internes. Piégés par l'artifice, nous avons alors le choix entre continuer à malmener nos rythmes et en souffrir, ou redécouvrir nos rythmes naturels. Comme le constate très justement C.W. Hufeland[1] : « Plus d'un pense qu'il est totalement indifférent que l'on dorme le jour ou la nuit. Dès lors, on s'abandonne jusque très tard dans la nuit à l'étude ou aux plaisirs et l'on croit ensuite rattraper en dormant jusqu'au cœur du matin les heures dérobées à la nuit. J'encourage quiconque attache du prix à sa santé à se méfier de cette erreur séduisante. » Laquelle erreur ne serait pas possible sans la lampe à incandescence. C'est cette découverte, utile mais artificielle, qui amène le paradoxe, malmène nos rythmes et nous éloigne de la nature.

---

1. *Die Kunst, das menschliche Leben zu verlängern,* 2e édition, Iéna, 1978.

Les rythmes du sommeil

« Le sommeil, les rêves, mais aussi la vigilance sont secrètement rythmés par nos rythmes biologiques. »

Jeremy CAMPBELL (université d'Oxford)

Le cerveau humain, comme celui de tous les vertébrés, alterne sans cesse entre la veille et le sommeil. Nous sommes réveillés et actifs le jour, et endormis la nuit. Au cours de l'éveil, dans la journée, le cerveau reçoit un grand nombre d'informations provenant de l'extérieur : sons, images, sensations... Il les intègre et envoie la réponse adéquate. L'activité métabolique est alors orientée vers la dépense d'énergie. Au contraire, la nuit, au cours du sommeil, le cerveau se repose et l'activité métabolique est orientée vers le renouvellement et la croissance des tissus. Ces deux états, la veille et le sommeil, se succèdent l'un l'autre toute la vie et ils ont tous deux leur raison d'être.

Jusqu'à une époque récente, on pensait que seule importait la durée quotidienne du sommeil et qu'il était indifférent de dormir à un moment ou à un autre. On se contentait donc, à l'âge adulte, de dormir la nuit. Le développement récent de la chronobiologie montre qu'une bonne répartition du sommeil dans la journée est primordiale. Nous connaissons tous par exemple le proverbe : « Le monde appartient à ceux qui se lèvent tôt. » En effet, cela ne revient pas du tout au même de dormir tôt le soir ou de se coucher tard et dormir le matin. Comme le veut le bon sens populaire : « Les heures avant minuit comptent double. » En fait, l'éveil et le sommeil sont soumis à des rythmes biologiques précis dont l'alternance jour/nuit n'est que l'élément principal. Il existe des rythmes secondaires : en particulier, toutes les quatre-vingt-dix minutes, notre cerveau libère des hormones qui facilitent la venue du sommeil. C'est pourquoi les enfants ne peuvent se concentrer plus d'une heure et demie à l'école, d'où la nécessité de faire des pauses toutes les heures environ. Il en va de même à l'âge adulte : c'est pour cette raison qu'**un conducteur doit se reposer toutes les heures sur l'autoroute**, car après environ une heure et demie de conduite, la vigilance et les réflexes diminuent.

Au moins une sieste par jour

Le sommeil est donc régi par plusieurs rythmes biologiques dont le principal est le rythme circadien (cycle de vingt-quatre heures). Cependant, comme c'est le cas pour les marées, il n'y a pas seulement une alternance veille/sommeil par jour, mais en général plusieurs : le nouveau-né doit dormir plusieurs fois par jour et, à l'âge adulte, il subsiste un sommeil principal nocturne et un « petit sommeil » à mi-journée, la sieste. Comme nous l'explique Richard Belfer : « Besoin chronobiologique inné, la sieste renforce les capacités de travail et de concentration, dissout la fatigue, élimine les tensions nerveuses et les humeurs chagrines. » L'auteur poursuit : « Les récentes recherches scientifiques sur le sommeil et la chronobiologie ont permis de découvrir que le milieu de l'après-midi, malgré la fébrilité de nos rythmes de vie, demeurait particulièrement propice au sommeil. » On le savait d'ailleurs déjà depuis la publication des travaux de Lehman, un chercheur américain qui a démontré que la courbe d'efficacité au travail diminue nettement en début d'après-midi, entre 14 et 16 heures environ[1].

Pendant un temps, les chercheurs ont cru que la fatigue ressentie en début d'après-midi était liée à la digestion.

1. G. LEHMAN, « Biological cycles and performances of work », New York, 1962, p. 285.

Mais les recherches de scientifiques canadiens ont démontré que ce coup de pompe n'est pas seulement lié à la digestion. Il semble plutôt qu'il s'agisse d'un rythme biologique inné. En effet, si le coup de pompe de l'après-midi était lié à l'ingestion de nourriture, on l'observerait aussi après le petit déjeuner et le repas du soir et on ne l'observerait pas chez les sujets qui sautent le repas de midi. Or, il n'en est rien. Le coup de pompe s'observe même chez des individus qui n'ont pas déjeuné. *La sieste semble donc être programmée génétiquement.* L'indépendance entre la sieste et le repas a d'ailleurs été confirmée par une autre équipe, celle du professeur Michel Billiard qui dirige l'Unité des troubles du sommeil et de l'éveil de l'hôpital de Montpellier. Ce spécialiste du sommeil, de renommée internationale, en arrive à la conclusion que « la sieste appartient à notre patrimoine génétique » et que « nous sommes physiologiquement faits pour dormir l'après-midi ». Point de vue qui est partagé par Pierre Fluchaire, un autre spécialiste du sommeil, auteur de nombreux ouvrages sur la « redécouverte d'un bon sommeil ». Pour celui-ci, « le sommeil idéal n'est pas pris d'une seule traite... Il faut ponctuer sa journée d'une tranche de sommeil ». Bien que nous ayons perdu, dans nos pays développés, au nom du rendement et du travail, l'habitude de faire la sieste, nombreux sont les spécialistes qui affirment qu'un sommeil optimal n'est pas monophasique, ce qui signifie pris en une seule fois la nuit, mais polyphasique, c'est-à-dire qu'il doit être réparti entre la nuit et plusieurs petits sommeils ou tranches de repos dans la journée. Autrement dit, nos rythmes biologiques semblent avoir prévu au moins une sieste par jour. Cela est particulièrement vrai pour les enfants, mais reste valable aussi à l'âge adulte. La sieste fait partie de nos rythmes biologiques innés et nous gagnerions à la pratiquer plus souvent pour vivre de manière optimale.

Les rythmes électriques du cerveau (électroencéphalogramme)

Hans Berger a été le premier, au milieu du xxe siècle, à enregistrer une activité électrique à la surface du crâne. En effet, le cerveau produit en permanence une petite quantité d'électricité, exactement comme une centrale électrique. La quantité d'électricité ainsi fabriquée est faible, mais on peut la mesurer au moyen de deux électrodes posées sur le cerveau et reliées, tout simplement, à un voltmètre très sensible. Même pour un chercheur chevronné, il est toujours fascinant de réaliser ce genre d'enregistrement. N'est-il pas étonnant que l'on puisse mesurer ainsi l'état psychique d'un individu ? C'est ce que l'on appelle une électroencéphalographie (EEG), c'est-à-dire un enregistrement de l'activité électrique de l'encéphale. Les électrodes sont posées sur la peau, mais elles détectent l'activité électrique de l'intérieur du cerveau, car les ondes électriques traversent le crâne et le scalp, tous deux conducteurs, et on les retrouve donc en surface sur la peau. Le signal de l'électroencéphalogramme est constitué d'oscillations électriques dont le rythme est habituellement compris entre une et trente vibrations par seconde environ.

Selon le rythme de ces vibrations, on distingue quatre états psychiques :

– On parle de *rythme bêta* au-dessus de douze vibrations par seconde. Le rythme *bêta* est un rythme d'éveil et d'activité. Le cerveau émet des ondes de type *bêta* quand il est actif, par exemple pendant un calcul mental ou lorsque le sujet parle.

– On parle de *rythme alpha* entre huit et douze vibrations par seconde. Le cerveau émet ce type d'onde quand l'individu est conscient, mais passif, les yeux fermés, par exemple à l'endormissement, pendant une séance de relaxation, au début d'une sieste ou tout simplement quand vous écoutez un joli morceau de musique classique les yeux fermés. En *alpha*, la conscience est éveillée, le sujet peut donc diriger sa pensée, mais les portes du subconscient sont ouvertes, et le sujet peut donc agir consciemment sur son subconscient. Ceci explique pourquoi on retrouve le rythme *alpha* dans toutes les techniques de prière, dans les états spirituels de contemplation, d'hypnose, d'auto-hypnose, de sophrologie, de développement personnel, de programmation mentale...

– On parle de *rythme thêta* entre quatre et huit vibrations par seconde. Le rythme *thêta* correspond au sommeil profond, on observe des ondes de type *thêta* quelles que soient la technique qui a provoqué l'endormissement et l'heure de la sieste : sommeil naturel, sommeil hypnotique, sommeil de la nuit ou sieste.

– On parle de *rythme delta* entre une et quatre vibrations par seconde. Le rythme *delta* correspond au sommeil très profond. C'est l'état atteint après le rythme *thêta*, quelle que soit là encore la manière dont le sommeil a été induit : sommeil naturel, sieste, hypnose.

L'EEG au cours de la sieste

Pendant la sieste, comme pendant le sommeil, les ondes du cerveau ralentissent progressivement, passant du rythme *bêta* à l'*alpha* puis au *thêta* et au *delta*. Ensuite, après le sommeil profond, vient une phase de rêve, souvent qualifiée de « sommeil paradoxal ». En effet, l'électroencéphalogramme présente alors un rythme de type *bêta*, comme si le sujet était éveillé, alors qu'il est toujours profondément endormi et en train de rêver. Un sujet qui semble dormir mais dont le cerveau est aussi actif que s'il était éveillé, voilà qui mérite bien le qualificatif de paradoxal ! On ne constate pas de différence au niveau des ondes électriques du cerveau, entre le sommeil nocturne et le sommeil qui résulte de la sieste ou d'une séance d'hypnose. Les vibrations électriques émises par le cerveau sont similaires quel que soit le mode d'induction du sommeil.

La récupération du cerveau au cours d'une sieste se traduit donc par un ralentissement des ondes électriques émises par le cerveau. Une activité mentale telle que réfléchir, calculer... ainsi que le stress tendent à augmenter la fréquence des vibrations électriques du cerveau tandis que la sieste diminue au contraire la fréquence de ces vibrations. Ceci montre donc de manière scientifique ce que nous savons tous de manière évidente : le sommeil nocturne et la sieste compensent les effets psychiques du stress et de la fatigue.

Cet aspect antistress du sommeil a pu être vérifié selon un tout autre principe par des analyses en laboratoire. En effet, en situation de stress, le corps sécrète une hormone de stress : le cortisol. Des prises de sang avant et pendant le sommeil montrent que le taux de cortisol diminue au cours du sommeil. Sur le plan de l'activité électrique du cerveau, comme sur le plan hormonal, il est donc bien établi que la sieste compense les effets négatifs du stress[1]. Au-delà des effets bénéfiques sur le stress, quand nous nous endormons, de nombreux processus s'enclenchent dans le corps : le rythme cardiaque, la pression artérielle et la consommation d'énergie diminuent, la température du corps s'abaisse de quelques dixièmes de degré...

Les expériences en état d'isolement total

Des scientifiques intéressés par la chronobiologie ont effectué des expériences en état d'isolement total. L'un des

1. K. Ishihara, A. Miyasita, M. Inugami, K. Fukuda and Y. Miyata, Notre Dame Seishin University, Okayama, Japan, « Differences in sleep/wake habits and EEG sleep variables between active morning and evening subjects », *Sleep*, August 1987, vol. 10(4), p. 330-342.

premiers fut le docteur Jürgen Aschoff qui proposait à des volontaires de s'isoler dans un refuge pendant au moins quinze jours sans aucun repère de temps (pas de montre, pas de lumière du jour, l'éclairage étant assuré par la lumière artificielle). Les habitants du refuge, souvent des étudiants qui en profitaient pour réviser leurs examens, avaient comme consigne de mener une vie normale, sans repères de temps, dans un appartement coupé du reste du monde, de quatre mètres sur quatre avec kitchenette et salle de bains. Après une dizaine de jours d'adaptation, la plupart des sujets de l'expérience adoptaient un rythme nycthéméral d'environ vingt-cinq heures. Certaines personnes adoptaient un rythme plus long, jusqu'à trente-six heures, d'autres un cycle plus court, jusqu'à seize heures. Pratiquement aucun individu n'a conservé un cycle exactement égal à vingt-quatre heures. Ceci montre qu'un facteur synchronisant extérieur, en l'occurrence la lumière du jour, joue un rôle dans nos rythmes biologiques. Le cerveau est incapable de régler par lui-même la durée de son cycle nycthéméral.

En France, Michel Siffre est resté enfermé pendant six mois sous terre pour ne plus être soumis à l'influence du jour, de la nuit et des saisons. Il a ainsi pu démontrer l'existence de rythmes d'alternance entre la veille et le sommeil, et ceci, même dans l'isolement le plus total. Ces cycles avaient tendance à s'allonger, comme chez la majorité des sujets observés par le docteur Aschoff. Après cinquante-huit jours dans le gouffre de Scarasson en 1962, Michel Siffre estimait la durée de son séjour à une trentaine de jours…

Véronique Le Guen, quant à elle, a passé cent jours sous terre, dans une grotte coupée du monde extérieur et du temps, et elle a constaté que le sommeil se répartissait spontanément en deux phases dans la journée : un sommeil long qui correspond au sommeil nocturne et une phase de sommeil de moindre durée qui correspond à la sieste de la mi-journée. La sieste semble donc programmée dans nos rythmes biologiques. Mais Véronique Le Guen n'a malheureusement pas survécu longtemps après son expérience, puisqu'elle s'est donné la mort quelques mois plus tard.

De ces nombreuses expériences en état d'isolement total, nous pouvons retenir, avec Jeremy Campbell, que « la plupart des humains tendent spontanément à se régler sur une journée de vingt-cinq heures ou plus, et la lumière remet chaque jour cette pendule à l'heure ».

Les bienfaits de la sieste étudiés en laboratoire

De nombreuses études scientifiques ont été effectuées sur la sieste dans des laboratoires du monde entier (voir « Bibliographie », p. 175). Ces expériences ont mis en évidence qu'il existe chez l'homme adulte deux périodes d'endormissement facile dans la journée : le soir, ce qui correspond au sommeil nocturne, et en milieu d'après-midi, ce qui correspond à la sieste. Il semble donc que la nature ait prévu l'existence d'une sieste en cours de journée[1].

« Idéalement, nous devrions dormir huit à neuf heures par nuit et faire une sieste de soixante-quinze minutes », nous dit le docteur Coleman, expert du sommeil à l'université de Stanford. Précisons que cela est vrai en moyenne sur l'ensemble de la population, mais que certains individus n'ont pas besoin d'autant de sommeil et qu'avec une meilleure hygiène de vie (s'abstenir du tabac, du café et des alcools forts ; un bon sommeil, un peu d'activité sportive chaque jour et une alimentation équilibrée et variée, simple et frugale, essentiellement crue), certains

1. P. Lavie et B. Weler, Laboratoire du sommeil, unité de biologie comportementale, faculté de médecine de Technion, Israël.

« champions de la sieste », qui apprennent à parfaitement maîtriser leur sommeil, parviennent à dormir beaucoup moins : quatre à cinq heures par nuit avec une sieste de trente minutes dans la journée.

D'autres chercheurs nous apprennent que « la sieste d'après-midi est une manifestation normale de la rythmicité circadienne [...]. Une certaine propension au sommeil persiste en début d'après-midi tout au long de la vie [...]. L'aspect bénéfique d'un temps de repos situé à ce moment particulier semble indiscutable dans tous les cas où une attention soutenue et prolongée est nécessaire [...]. La notion d'un sommeil humain monophasique est peu à peu remplacée par celle d'un rythme diphasique, avec un sommeil nocturne et une deuxième phase de sommeil diurne de courte durée[1] ».

Nous pourrions citer ainsi de nombreux extraits de publications scientifiques et comptes rendus de recherche relatifs à la sieste. Ne désirant pas assoupir le lecteur avec un trop grand nombre de ces références, nous préférons donc renvoyer à la bibliographie qui figure en fin d'ouvrage ceux qui s'intéressent aux aspects scientifiques de la sieste.

Les professionnels de la sieste

Les membres de certaines catégories socioprofessionnelles sont obligés de pratiquer couramment la sieste pour assurer leur sécurité ou dans le cadre de leur activité. C'est le cas des chauffeurs routiers, des marins lors de courses de bateaux en solitaire, des militaires au

---

1. O. Benoit et J. Foret, chercheurs de l'unité 3, Inserm 47, Paris. Extrait de « Régulation circadienne des états de veille et de sommeil », *Neurophysiolog. clinic,* vol. 18, 1988, p. 403-431.

cours d'attaques-éclair, comme ce fut le cas au Koweït et en Irak, des cosmonautes en mission, des pompiers en cas de feux de forêts… Il est alors nécessaire de travailler pendant de longues durées en dormant très peu. L'expérience de ces hommes peut profiter à tous ceux qui, comme nous, sont soumis, dans une moindre mesure, au même problème, c'est-à-dire travailler beaucoup dans un temps limité. Ces personnes mises à rude épreuve par leur travail ont un « truc » pour tenir le coup, une astuce simple que nous pouvons tous apprendre très facilement : elles font la sieste. Ce sont de véritables professionnels de la sieste : elles sont obligées de faire la sieste pour pouvoir travailler. La pause-sommeil sur un parking d'autoroute permet aux camionneurs de récupérer en un quart d'heure. Nous pouvons appliquer la même technique pour nous ressourcer rapidement en cours de journée. Les navigateurs en solitaire ne dorment que par périodes très courtes, une heure ou deux maximum. Nous pouvons faire de même pour dormir moins en cas de surcharge de travail, comme par exemple en période de préparation d'examen… Ces techniques de sommeil fractionné ont été mises au point empiriquement par ceux qui y ont été confrontés. Il a été démontré depuis par David Dinges et ses collaborateurs de la faculté de médecine de Philadelphie (É.-U.) que la pratique de siestes de courte durée permet de rester éveillé et bien concentré pendant très longtemps dans les situations difficiles qui requièrent une parfaite maîtrise de soi. La NASA (*National Aeronautics and Space Administration*), l'ESA (*European Space Agency*) et le CNES (Centre national d'études spatiales) ont tous trois beaucoup étudié les rythmes du sommeil pour optimiser le repos des astronautes. En effet, dans une capsule spatiale, les astronautes sont soumis à un stress intense et une seule erreur peut être fatale. En même temps, il faut effectuer au cours d'une mission un maximum de tâches, toutes très délicates (manœuvres de pilotage, expériences scientifiques...), dans un temps limité. Les astronautes apprennent donc à se reposer par petites tranches de sommeil, à pouvoir s'endormir en toutes circonstances, et ils s'entraînent à la relaxation avant les missions. Nous pouvons, nous aussi, apprendre à maîtriser notre sommeil comme les astronautes, et cela est très utile pour résister au stress tout en travaillant plus et mieux.

La sieste chez les différents peuples

La sieste est une activité très démocratique : rois, présidents, ministres, ouvriers, agriculteurs, chefs d'entreprise ou simples citoyens ont les mêmes besoins de sommeil et de repos. Nous sommes tous égaux devant la sieste !

Tous les peuples de la Terre pratiquent la sieste. Mais, en fonction des régions et des époques, cette habitude prend des aspects différents. Dans certains pays, souvent des pays en voie de développement, la sieste est une coutume générale, presque institutionnelle, et les horaires de travail en tiennent compte. Dans d'autres, la sieste est tout autant appréciée, mais elle est moins bien acceptée socialement. Il faut alors se cacher, s'enfermer dans sa chambre ou dans son bureau, pour pouvoir faire la sieste, qui est même, dans certaines circonstances, qualifiée de « crapuleuse ».

L'intérêt qu'un peuple porte à la sieste se traduit par la variété de noms et synonymes utilisés pour la désigner. En français, la sieste peut s'appeler : la méridienne, le somme, le petit somme, l'assoupissement, le dodo, le petit dodo, la bulle, la ronflette, la roupillette, le clopet, le roupillon... Il en va de même dans les autres langues. On retrouve la même richesse au niveau des qualificatifs : la sieste est courte ou longue, superficielle ou profonde, digestive, antistress ou relaxante... Souvent bien méritée, elle peut aussi être lascive ou paresseuse à l'occasion des vacances.

Dans les pays chauds, en Afrique, en Asie, en Amérique centrale, dans les îles tropicales et autour de la Méditerranée, là où le soleil impose sa loi, la sieste est un rituel quasi obligatoire, et le hamac est le seul objet qu'il soit vraiment important de posséder. C'est l'accessoire indispensable de la sieste pour vivre heureux en pays tropical.

Les Corses et de nombreux peuples méridionaux n'ont d'ailleurs pas attendu les dernières confirmations scientifiques pour profiter des bienfaits de la sieste !

La palme du pays champion de la sieste semble cependant revenir au Mexique, dont les habitants n'hésitent pas à s'enfouir sous leur « sombrero », large chapeau protégeant du soleil, à tel point que l'après-midi, c'est presque le pays tout entier qui ronfle à l'ombre des sombreros ! Hier après-midi, alors que je corrigeais ce manuscrit, j'ai été contacté par un journaliste travaillant pour la télévision mexicaine. Il était très intéressé par l'idée d'un livre sur la sieste et me proposait une interview, certain qu'il était du succès que remporterait une émission sur ce thème au Mexique ! Je lui ai promis de le recontacter dès la parution de l'ouvrage : ce sera un grand honneur pour un Français d'aller enseigner aux Mexicains l'art de faire la sieste !

Dans les anciennes traditions animistes d'Asie, le sommeil est considéré comme sacré. Le fait de réveiller de manière brutale un dormeur constitue là-bas un acte antisocial, malpoli et inconvenant. Un réveil intempestif y est même considéré comme dangereux, car cela pourrait causer, selon leurs propres termes, une « fracture de l'âme ». Nous parlerions chez nous plutôt de « traumatisme ». Il est vrai que la manière dont un dormeur se réveille est aussi importante que la qualité de son sommeil. Dans nos peuples dits « civilisés », il est recommandé de « ne pas réveiller le chat qui dort », mais on n'hésite pas à réveiller un homme qui dort, ce qui met en évidence le peu de respect de notre civilisation pour notre sommeil. Un réveil trop brutal n'est pourtant pas très agréable, ni souhaitable. Nous en reparlerons au chapitre « Comment faire la sieste ».

Chez les Égyptiens et les Romains, la coutume était d'inviter ses amis… pour faire la sieste, et l'on n'hésitait pas à tenir salon ou même à manger allongé.

En Chine, la sieste est appelée *xiu-xi* et le droit à la sieste est mentionné explicitement à l'article 49 de la Constitution de 1949 qui précise que « ceux qui travaillent ont droit au *xiu-xi* ».

Il y a quelques années, un scientifique chinois en visite en Europe, Shiyi Liu, de l'Académie des sciences de Shanghai, jugeait inquiétant le comportement des Occidentaux par rapport à leur sommeil. Selon lui, « les Occidentaux ne dorment pas assez. De plus, les étudiants s'amusent jusqu'à l'aube plusieurs fois par semaine dans des discothèques. À quoi tout cela va-t-il mener ? » (cité par A. Borbély). On peut effectivement se poser la question : vers quel genre de bonheur allons-nous en matraquant notre sommeil ? Faut-il ensuite s'étonner que plus d'une personne sur deux ait besoin de somnifères à un moment de sa vie et que nous soyons de gros consommateurs de tranquillisants, barbituriques, café, cigarettes et autres drogues ?

La philosophie hindoue a beaucoup fait pour promouvoir la sieste sous une autre forme : la relaxation. Les dieux Vishnou et Krishna sont d'ailleurs souvent représentés en position allongée et il est fort mal vu en Inde de déranger un dormeur.

Les Grecs considéraient eux aussi le sommeil comme un acte sacré. Ils ont baptisé Hypnos le dieu du sommeil, dont le fils n'est autre que Morphée, le dieu des songes. Il faut dire qu'en Grèce comme au Mexique ou en Inde, la chaleur du climat est particulièrement propice à la sieste !

Chez nous, une partie importante de la population pratique la sieste. Mais, dans un monde axé sur la compétition, il est mal considéré de parler de repos. C'est pourquoi un grand nombre d'individus qui font la sieste évitent d'en parler au travail. Ainsi, un homme d'affaires qui veut faire la sieste après un repas au restaurant avec quelques collaborateurs devra invoquer une autre raison pour s'éclipser dix minutes : « J'ai un rapport urgent à terminer » ou « Je vais téléphoner à un client ». Il risquerait en effet d'être ridiculisé s'il annonçait publiquement son besoin de repos. Ce qui est vrai pour un homme d'affaires l'est plus encore pour des employés de bureau. Imaginez ce qui se passerait si un salarié faisait la sieste sur les lieux de son travail : son supérieur hiérarchique verrait certainement la chose d'un très mauvais œil. Le seul qui pourrait se permettre de dormir impunément serait sans doute le chef d'entreprise, mais il doit respecter une certaine image de marque, aussi bien vis-à-vis de son personnel, pour donner l'exemple, que de ses interlocuteurs, et il n'osera pas non plus se reposer publiquement ! Résultat : tout le monde adore faire la sieste, qui correspond à une nécessité physiologique, mais personne n'ose le dire ou le montrer. On se cache donc pour faire la sieste, comme s'il était honteux de dormir !

La sieste chez les animaux

Presque tous les animaux de la Terre font la sieste.

Observons par exemple les animaux domestiques que nous connaissons le mieux : les chiens et les chats. Plusieurs fois par jour, et en particulier après chaque repas, ils se couchent et se reposent. Lorsqu'un animal a besoin de récupérer parce qu'il est fatigué, il s'allonge et dort. Les animaux sont doués d'une forme de sagesse naturelle qui les incite à dormir ou à manger au moment où ils en ont besoin. Nous pouvons apprendre beaucoup en observant le comportement des animaux sauvages dans la nature. L'homme est le seul animal qui violente ses rythmes biologiques en se forçant à travailler alors que son corps réclame du repos. Cela est nocif pour sa santé et son équilibre psychique.

Intéressons-nous donc de plus près au sommeil et à la sieste de différentes espèces animales. Parmi tous les animaux de la Terre, il n'y en a qu'un qui travaille tout le temps et ne se repose jamais : c'est la fourmi. Malheureusement, ou peut-être heureusement, nous ne sommes pas des fourmis et nous devons de temps à autre nous reposer ! Le cheval peut somnoler debout, tandis que la sieste de la marmotte dure tout l'hiver, car elle hiberne comme les ours. Elle est très bien organisée : à la fin de l'été, elle prépare une grande chambre au fond de son terrier, la remplit d'herbes sèches qui lui serviront de couverture puis, quand vient l'hiver, elle ferme l'entrée avec un gros bouchon de terre, de cailloux et d'herbes pour isoler qui peut faire plusieurs mètres de long. La marmotte commence alors ce qui est sans doute la plus longue sieste chez les mammifères : elle va dormir jusqu'au printemps, ne se réveillant qu'une fois par mois environ pour uriner. Cependant, le record de la plus longue sieste du monde n'est pas détenu par un mammifère mais par des insectes : au stade de la nymphe, certains insectes s'isolent sous terre pour une longue sieste de plusieurs années, jusqu'à dix-sept ans pour certaines espèces de cigales américaines !

De nombreux animaux (pintades, souris...) présentent la particularité de ne pas dormir seuls, mais toujours en groupe : ils s'allongent côte à côte et dorment ainsi ensemble pour se tenir chaud.

Le marsouin, qui fait partie de la famille des dauphins, dort d'une manière très particulière : des enregistrements de son électroencéphalogramme ont montré que l'hémisphère droit de son cerveau dort pendant que le gauche reste actif. Après un certain temps, les rôles s'inversent et le gauche dort pendant que le droit veille. Ainsi, chaque partie du cerveau se repose à tour de rôle, mais l'animal tout entier reste toujours éveillé : on a donc, vu de l'extérieur, l'impression qu'un marsouin ne dort jamais.

Tous les animaux ont ceci en commun : dans la nature, ils obéissent à leur instinct en matière de sommeil, respectent leurs rythmes biologiques et dorment parfaitement, de la manière qui est programmée pour leur espèce, sans l'aide d'aucun médicament !

Le champion de la sieste chez les animaux

(Extrait de *Vive le sommeil !* de Jeannette Bouton et du docteur Dolto-Tolitch, Hatier, 1987)

« Le champion, c'est encore... l'aï ou paresseux : on l'appelle ainsi parce qu'il est très lent et presque complètement inactif. Il vit dans les forêts tropicales. Il s'accroche à une branche d'arbre très haute et se laisse pendre, le ventre en l'air. Il peut dormir dans cette curieuse position vingt heures par jour !

L'aï ne sait pas se tenir sur ses pattes et, pour se déplacer, il rampe en s'aidant de ses griffes : ainsi il avance en moyenne de cinq cents mètres à l'heure !

Il est tellement immobile, suspendu à sa branche d'arbre, que de la mousse et des algues poussent sur sa fourrure : il ressemble à un buisson et, si l'on ne fait pas attention, on peut très bien passer à côté de lui sans le voir ! »

Qu'est-ce que le bonheur ?

Certainement pas le fait d'être riche ou célèbre puisque même des acteurs ou actrices de cinéma fortunés et très connus en arrivent à se suicider. Nous avons tous en mémoire les exemples de Marilyn Monroe ou de Romy Schneider.

On peut définir le bonheur autrement, comme le fait de satisfaire les besoins fondamentaux d'un individu.

Il ne reste alors qu'à définir ces besoins. Abraham Maslow, un psychologue américain, a longuement étudié cette question et il en est arrivé à classer les besoins humains par ordre d'importance, de la manière suivante :

– en premier, les *besoins physiologiques* : besoin de respirer, besoin de manger, besoin de boire, besoin de dormir, besoin d'uriner et d'excréter ;
– ensuite vient le *besoin de sécurité* ;
– puis le *besoin d'appartenance à un groupe* ;
– et finalement le *besoin de réalisation de soi.*

Le sommeil, comme la nourriture et l'air que nous respirons, est indispensable à notre survie. Le besoin de sommeil, d'ordre physiologique, est donc, à partir de la définition que nous proposons, l'une des conditions essentielles du bonheur. Si nous voulons être pleinement heureux, le respect de notre sommeil et de nos rythmes biologiques est un point de passage recommandé.

Comme la sieste fait partie de nos rythmes biologiques, il est mathématiquement exact d'énoncer la proposition suivante : savoir faire la sieste en cas de besoin est une condition nécessaire, mais pas suffisante, pour vivre heureux. À ce titre, le droit à la sieste mériterait (pourquoi pas ?) d'être inscrit dans la Déclaration des droits de l'homme ! La sieste n'est évidemment pas la seule condition du bonheur : un bon équilibre affectif, une alimentation équilibrée, aimer son travail sont autant d'éléments qui ont aussi leur importance.

La clé du bonheur

Y a-t-il un seul individu sur la planète qui ne souhaite pas être heureux ? « Il n'est personne qui ne désire se rendre heureux, mais beaucoup n'en savent pas le moyen », répond Horace. Pour Rousseau, « la source du vrai bonheur est en nous » et pour Fontenelle, « le plus grand secret pour le bonheur, c'est d'être bien avec soi ». Le bonheur est en effet simple d'accès. Il est gratuit et accessible à tous comme nous l'expliquait Chateaubriand : « Le vrai bonheur coûte peu et, s'il est cher, il est d'une mauvaise espèce. »

La plupart des personnes voudraient vivre mieux mais n'y parviennent pas, car elles cherchent des solutions trop compliquées à leurs problèmes. Les meilleures solutions sont en général les plus simples. Il est inutile d'aller chercher sur la Lune ce qui est à portée de la main. Nous avons en nous tout ce qui est nécessaire pour vivre heureux.

La solution à nos problèmes est en nous

Qui ou quoi à votre avis peut vous apporter la santé et le bonheur : votre famille ? votre conjoint ou votre partenaire ? votre travail ? votre médecin ? des médicaments ? vos amis ? vos enfants ? Aucune de ces choses et de ces personnes ne contrôle vraiment votre vie et votre accès au bien-être. Vous en êtes le seul et unique responsable : « La vraie révolution, c'est d'abord en nous qu'il faut la faire », dit Henri Laborit. Cessez donc de chercher ailleurs ce qui est en vous et commencez dès aujourd'hui à opérer sur vous-même la révolution du bonheur, en faisant enfin ce que vous avez vraiment envie de faire ! Il ne s'agit pas d'abandonner votre travail et vos proches pour dormir toute la journée, mais de choisir à chaque instant, en fonction de vos impératifs, ce qui vous semble le plus important.

Nous vivons une époque fantastique : dans notre civilisation, avec les connaissances et les progrès techniques dont nous disposons, la vie est (ou pourrait être) formidable, et pourtant nous continuons à fabriquer notre propre malheur. En effet, bon nombre de personnes ne satisfont pas bien leurs besoins physiologiques et, n'écoutant pas leur corps, elles le maltraitent. Ensuite, elles deviennent malades, stressées et cherchent auprès du médecin le remède miracle qui les guérira. Êtes-vous vraiment prêt à voir les choses de manière simple ? Avez-vous vraiment envie d'être heureux ou préférez-vous continuer à jouer à l'autruche en vous cachant derrière des excuses du type « je n'ai pas le temps » ? En effet : « Tout est prêt, à condition que votre esprit le soit », comme le disait déjà Shakespeare. C'est vous qui prenez les décisions qui concernent votre vie, votre santé et votre bonheur. Si vous dormez bien, faites la sieste régulièrement, si vous êtes optimiste et prenez plaisir à vivre, alors vous ne pouvez être qu'heureux et il ne peut rien vous arriver de fâcheux. C'est vous qui conduisez votre vie. C'est vous qui choisissez. Il vous a été fait un cadeau fantastique : celui d'exister ! Pourquoi toujours refouler ce qui vous fait du bien ?

Le respect du sommeil est une chose simple : si vous voyez un bébé qui dort, vous aurez envie de le laisser dormir. Pourquoi ne vous donneriez-vous pas à vous-même ce que vous accordez à un autre ?

L’instinct du sommeil n’existe pas pour rien

« Si vous savez rencontrer le point
par où il faut regarder les choses,
vous ne verrez que sagesse
là où vous n'imaginiez que désordre. »

Jacques Bénigne BOSSUET

Avez-vous remarqué que votre estomac vous appelle lorsque vous avez faim ? Le corps donne des indications, innées, par lesquelles il exprime ses besoins. Un bon sommeil ne peut exister qu'en dormant au moment où l'on a besoin de dormir, c'est-à-dire quand on est fatigué. Ce besoin se traduit par des signes faciles à reconnaître : torpeur, fatigue, bâillements, perte d'attention, picotement des yeux, clignement des paupières, réflexes ralentis, mauvaise humeur, trous de mémoire, baisse de la vigilance, rétrécissement du champ visuel... Tous ces signes traduisent le besoin de dormir.

En matière de sommeil, il est particulièrement recommandé de suivre son instinct.

En effet, l'instinct du sommeil n'existe pas pour rien : il s'est mis au point au fur et à mesure de millions d'années d'évolution. Un animal dont l'instinct serait défaillant, par exemple en l'incitant à dormir au moment où il voit arriver un prédateur, se trouverait en position d'infériorité et serait automatiquement éliminé par la sélection naturelle. En vertu de cette sélection impitoyable, l'instinct du sommeil ne peut donc, comme tout autre instinct, que se perfectionner au fil du temps, de génération en génération. L'instinct a pour finalité d'entretenir la santé des individus pour perpétuer l'espèce. Il n'existe pas pour rien, mais pour assurer notre survie et notre santé. C'est ce que souligne Jules Laforgue en observateur averti : « Dans les jardins de nos instincts, allons chercher de quoi guérir... » Respectons donc l'instinct de repos au même titre que l'instinct de fuite face au danger ou tout autre instinct, comme nous respecterions une prescription du pharmacien. D'autant que l'instinct est bien plus précis que n'importe quelle prescription : il nous indique à chaque instant, seconde par seconde, la voie à suivre, en temps réel. Un médecin n'est pas infaillible lorsqu'il effectue un diagnostic ou lorsqu'il prescrit un médicament et il ne peut pas adapter la dose à chaque seconde ! Mais l'instinct du sommeil, lui, est précis à la seconde près et, en vertu des lois de l'évolution, il ne peut pas se tromper !

Le grand philosophe anglais Francis Bacon l'avait compris bien avant que nous ne prenions conscience des réalités écologiques : « C'est en obéissant à la nature qu'on lui commande. »

Et nous pourrions ajouter : c'est dans l'obéissance aux pulsions instinctives du sommeil que l'on trouve le meilleur sommeil.

Cependant, les mêmes mécanismes instinctifs qui assurent notre bonheur dans la nature peuvent devenir nocifs si on les utilise dans un cadre inadapté. L'utilisation de la lumière artificielle, l'habitude de boire du café, l'usage abusif de médicaments du sommeil faussent complètement le fonctionnement des mécanismes instinctifs. Par exemple, le soir, on pourra ne pas se coucher grâce à la lumière artificielle, ou parce qu'on est captivé par un jeu vidéo sur son ordinateur ou par le suspense d'un film policier à la télévision, alors que le corps aurait besoin de récupérer. De même, au moment de faire la sieste, une tasse de café permet de continuer à travailler avec entrain alors que l'organisme devrait se reposer. Dès que l'on s'éloigne des conditions du milieu dans lesquelles notre génétique s'est développée pendant des millions d'années (la nature sauvage), notre instinct peut ne plus suffire à assurer notre survie. En d'autres termes : les habitudes de vie artificielles et l'éloignement de la nature nuisent à notre santé en empêchant notre instinct de fonctionner normalement. Il convient donc non seulement de suivre son instinct en matière de sommeil, mais aussi de veiller à se placer dans les conditions où cet instinct peut fonctionner. Conséquences pratiques : il convient de ne pas abuser de la lumière artificielle la nuit, de se méfier de la télévision ou de l'ordinateur et d'éviter la consommation d'excitants, café, thé, cigarettes... qui malmènent nos rythmes biologiques. Une fois ces principaux artifices écartés, l'instinct du sommeil redevient l'excellent régulateur de notre repos qu'il était autrefois, et qu'il aurait toujours été si nous n'avions pas entravé son fonctionnement en nous plaçant dans des conditions non naturelles. Cet instinct existe toujours chez l'homme, mais il est perturbé par des conditions de vie trop artificielles.

La psychanalyse du sommeil : théorie et pratique

Freud, que nous connaissons tous, a fait de grandes découvertes dans le domaine de la psychologie. C'est lui qui a découvert l'inconscient. Il a également constaté que la plupart des hommes ont une structuration inconsciente pathologique, qu'il a appelée « névrose ». Cette névrose fait de nous des êtres malheureux, résignés, aux comportements anormaux et quelquefois violents. Selon lui, la cause de cette névrose serait le refoulement de pulsions sexuelles non réalisables, qui commencerait dès l'enfance et se poursuivrait à l'âge adulte. Les découvertes de Freud ont été très importantes et constituent la base de toute la psychanalyse et, dans une large mesure, de toute la psychologie moderne. Cependant, Freud s'est intéressé principalement à l'instinct sexuel[1] et il n'a pas beaucoup étudié le fonctionnement des autres instincts (notamment l'instinct du sommeil et l'instinct alimentaire). Il n'a, semble-t-il, pas vu que son raisonnement pouvait s'appliquer aussi à l'instinct du sommeil. Personne d'ailleurs, à ma connaissance, n'a vraiment étudié cette question de savoir quelles sont les conséquences d'un refoulement de l'instinct du sommeil. Ce que nous traitons dans ces quelques paragraphes est donc entièrement nouveau et pourrait donner lieu à d'importants développements théoriques et thérapeutiques. Le refoulement systématique des pulsions du sommeil, par exemple en continuant à travailler à force d'excitants (café, cigarettes...) alors qu'on aurait besoin de se reposer, produit à la longue, par accumulation, une « névrose du sommeil » du même type que la névrose sexuelle freudienne. Il peut en résulter, outre un sentiment de frustration permanent et des troubles du sommeil, de nombreux autres troubles psychologiques et du comportement notamment chez les adolescents et les adultes, dont l'étendue est bien plus importante qu'on ne le pense. Le comportement d'un individu qui se couche très tard, consomme des quantités d'excitants et ne sait pas se relaxer devient ainsi très différent de celui d'un individu dynamique, efficace, mais qui sait se coucher tôt et se relaxer lorsqu'il est fatigué.

Pour mieux comprendre le couplage sommeil-comportement, observez par exemple autour de vous le comportement des membres de votre famille, de vos amis, de vos collègues de travail, en fonction de leurs habitudes de sommeil et prêtez-vous à l'expérience suivante : prenez une grande feuille et notez-y le nom d'une dizaine de per-

1. Son époque le considérait comme tabou.

sonnes que vous connaissez bien. En face de chaque nom, marquez les grandes lignes du comportement et du caractère de cette personne (nerveux ou calme, tendances agressives ou violentes, caractère ouvert ou renfermé, optimiste ou pessimiste...), puis comment elle dort (couche-tôt ou couche-tard, horaires de sommeil réguliers ou irréguliers, fait ou ne fait pas la sieste, respecte ou non son sommeil si survient une envie de dormir). Précisez pour chaque individu l'existence éventuelle de facteurs artificiels pouvant fausser le sommeil : consommation d'excitants, cigarettes, café, habitude de regarder la télévision tard le soir, consommation de médicaments du sommeil ou du système nerveux... Vous verrez à quel point le comportement de chacun est le reflet de la manière dont il dort.

Ayant constaté que nos habitudes de sommeil peuvent modifier nos comportements et notre inconscient, que pouvons-nous faire pour en tirer parti et améliorer notre vie ? Par analogie avec la psychanalyse proposée par Freud comme thérapie pour pallier les effets de la névrose (essentiellement sexuelle selon sa conception), nous pouvons définir la « psychanalyse du sommeil » comme une méthode de restructuration de l'inconscient et du système pulsionnel de l'individu, qui consiste à apprendre à écouter et à obéir aux pulsions de sommeil lorsqu'elles surviennent. Autrement dit : la psychanalyse du sommeil consiste à se placer autant que possible dans les conditions d'un sommeil naturel et à dormir ou à faire la sieste chaque fois que surviennent des signes de fatigue. Cette psychanalyse du sommeil nous remet en harmonie avec nos besoins physiologiques innés. Petit à petit, on observe alors une restructuration (dans un sens positif) de l'ensemble du comportement de l'individu en quelques semaines : les personnes agressives se calment, les résignés et les fatigués redeviennent dynamiques et entreprenants, les pessimistes plus optimistes... Il s'agit d'une thérapie universelle qui rééquilibre de nombreux troubles psychologiques de toute sorte. Ceci montre que le « caractère » d'un individu, que nous croyons souvent immuable et acquis pour la vie (nous disons de telle personne qu'elle sera toujours pessimiste, de telle autre qu'il est dans sa nature d'être violente...) est en fait, dans une large mesure, le résultat de la manière dont nous vivons et gérons notre sommeil.

Cette « psychanalyse du sommeil » est plus agréable qu'une psychanalyse freudienne, les effets en sont plus rapides (une psychanalyse classique dure souvent des années alors que l'on observe des résultats avec la psychanalyse du sommeil en général en quelques semaines, quelquefois même dès les premiers jours) et elle ne nécessite aucune séance coûteuse chez un psychanalyste. Il s'agit d'une thérapie naturelle, sans danger et totalement gratuite dans laquelle chacun est son propre analyste. De plus, d'après mes observations, les effets sont parfois plus profonds que ceux d'une psychanalyse classique.

En quelques semaines, c'est l'ensemble des habitudes et du comportement de l'individu, y compris un grand nombre de comportements inconscients (agressivité, caractère optimiste ou pessimiste...) qui s'améliorent. Il convient cependant de préciser que les pulsions de sommeil ne sont pas les seules et qu'un travail similaire de remise en route des autres systèmes pulsionnels (notamment alimentaire et relationnel) est complémentaire de ce travail de restructuration du sommeil. Parmi les différents types de pulsions qui existent (pulsions alimentaires, pulsions de sommeil, pulsions sexuelles...), on remarquera que le sommeil est certainement plus facile à travailler et à normaliser, au moins dans un premier temps, car le sommeil remet moins en cause notre vie diurne et sociale que l'alimentation ou le relationnel.

La psychanalyse du sommeil n'a cependant un sens qu'à partir du moment où, bien évidemment, l'on écarte les facteurs qui pourraient permettre le refoulement des pulsions de sommeil : café, excitants et lumière artificielle. À défaut de supprimer totalement ces facteurs perturbateurs, ce qui n'est pas toujours possible en pratique, en particulier pour l'éclairage artificiel qui ne présente pas que des inconvénients mais aussi de nombreux avantages, il convient au moins d'être conscient du fait que ces facteurs induisent des perturbations et de les limiter volontairement, par exemple en s'imposant l'extinction des feux à une certaine heure le soir. Il est particulièrement essentiel de ce point de vue, de limiter (voire même bannir) l'usage de la télévision ou de l'ordinateur après la tombée de la nuit.

Concrètement, je propose donc que les bases pratiques de la « psychanalyse du sommeil » soient les suivantes :

1. *suppression de tous les excitants du système nerveux* (café, thé, cigarettes, chocolat) ;
2. *suppression de tout éclairage artificiel,* au moins à partir d'une certaine heure le soir (par exemple, à partir de 22 heures). L'heure du réveil est laissée libre, chacun se levant à l'heure qui lui convient, lorsqu'il n'a plus sommeil ;
3. *obéissance aux pulsions de sommeil :* dormir ou faire la sieste (ne serait-ce que quelques minutes, si des impératifs professionnels ou autres imposent une limitation dans le temps) au moment où l'on en ressent le besoin, que ce soit le soir ou dans la journée.

Ces considérations qui font appel à quelques connaissances de base dans les domaines de la psychologie et de la psychanalyse ne vous paraîtront, je l'espère, pas trop techniques. Ce paragraphe est très important, car il est au cœur de ce qui nous intéresse, à savoir comment vivre mieux, pleinement heureux et épanoui. Un livre entier pourrait être rédigé sur ce thème de la « psychanalyse du sommeil » et nous n'en parlerons pas plus ici. Retenons simplement qu'il n'est pas bon de trop refouler nos envies de dormir et que, si nous passons outre, il n'est pas étonnant de voir apparaître des troubles du sommeil et du comportement. Un bon sommeil naturel est une condition essentielle d'une vie heureuse.

Le plaisir de dormir, un chemin vers l'harmonie

Jung a écrit quant à lui : « L'homme ne peut répondre totalement et de façon idéale aux exigences de la nécessité extérieure que s'il est totalement en accord avec lui-même. » Si nous voulons trouver l'harmonie et nous libérer de nos tensions intérieures inconscientes, il faut donc d'abord être en accord avec nous-mêmes, ce qui commence par le respect de nos pulsions biologiques fondamentales, notamment les pulsions de sommeil. Faire la sieste quand on en ressent le besoin, dormir quand cela nous fait plaisir, fait donc partie du chemin vers le bonheur.

Avant d'être en harmonie avec l'univers et avec les autres, il convient évidemment d'être d'abord en harmonie avec soi-même. Ne pas obéir à ses propres pulsions de sommeil nous prive d'un plaisir fondamental, celui de satisfaire notre besoin de repos, et constitue de plus une erreur par rapport aux lois de la biologie. À partir de maintenant, dites « oui » à vos envies intimes de sommeil pour être plus en harmonie avec vous-même, avec les autres et avec l'univers...

Chapitre 2

Comment faire la sieste ?

« Les hommes sont devant les idées simples
comme des chauves-souris devant la lumière :
ils sont aveugles. »

ARISTOTE

Faire la sieste, cela s'apprend et se perfectionne

Le docteur Françoise Delormas nous explique dans la *Revue de la Santé* (revue trimestrielle, n° 3, 1990) : « Le sommeil est un bien précieux, indispensable à un bon équilibre. Tout le monde en est persuadé, mais que de contradictions chez beaucoup ! Ce sommeil précieux, délicat, on le malmène, on l'ampute... et, lorsqu'il fuit, on se lamente ! Et plus on s'acharne à le retrouver, plus il s'échappe... La solution, trop souvent, passe par le médicament. Dans la plupart des cas, ce n'est pas une bonne solution. On peut donner très tôt aux enfants le goût du sommeil et de bonnes habitudes : c'est presque leur garantir un bon sommeil à vie. » En effet, un bon sommeil et l'habitude de bien dormir commencent dès l'enfance.

Il est nécessaire d'apprendre à dormir, comme on apprend à manger, à marcher ou à nager. Les bonnes habitudes prises au plus jeune âge sont acquises pour la vie. Une fois adultes, il nous faut cependant encore entretenir et perfectionner nos habitudes de vie. Il n'est jamais trop tard pour bien faire ! Si nous ne faisons pas ce travail d'apprentissage et de rééducation de l'instinct du sommeil, alors notre santé physique et mentale pourrait bien ressembler, après quelques années, à la carrosserie d'une voiture utilisée par un conducteur qui n'a pas appris à conduire !

Maîtriser la sieste est à la fois une technique, qui s'apprend, et aussi un art, tout en finesse et en subtilités. Chaque sieste est, comme une œuvre d'art, unique !

La sieste des petits et des grands

Dans les premières semaines après la naissance, un bébé passe près de 70 % de son temps à dormir. Un nouveau-né fait donc, spontanément, plusieurs siestes par jour. Ensuite, le nombre de périodes de sommeil dans la journée diminue, jusqu'à l'âge adulte où il ne reste plus que le sommeil nocturne et une tendance à l'endormissement dans l'après-midi.

La première condition d'un bon sommeil à l'âge adulte est, comme nous venons de le dire, d'avoir appris à bien dormir dès l'enfance : un bon sommeil se cultive et s'entretient ! Nous devons donc avant tout respecter le sommeil et la sieste de nos enfants. La sieste devrait être chez nous, comme c'est le cas en Chine, un acte respectable et respecté dès notre plus jeune âge !

Malheureusement, les horaires imposés aux enfants dans les écoles ne sont pas toujours compatibles avec la sieste. Celle-ci est pratiquée dans les classes maternelles, mais pas dans les écoles primaires, et encore moins dans les classes secondaires ou à l'université ! Il conviendrait de prévoir à l'école et à l'université des moments libres dans l'emploi du temps et des installations adéquates afin que les étudiants puissent s'allonger et dormir une ou deux fois dans la journée. Une pause toutes les heures est d'ailleurs prévue entre les cours dans la plupart des établissements scolaires. Ces interclasses sont une bonne chose car, au-delà d'une heure, les enfants ne peuvent plus se concentrer et deviennent insupportables, mais cela ne suffit pas toujours : les enfants devraient avoir la possibilité de dormir pendant ces pauses s'ils le souhaitent.

La sieste est particulièrement importante pour les plus petits, car le sommeil s'accompagne de la sécrétion d'une hormone de croissance qui facilite la maturation du système nerveux et active la réparation des cellules usées. Une plus grande pratique de la sieste permettrait aux enfants de mieux soutenir le rythme des programmes scolaires de plus en plus chargés, ce qui soulagerait aussi… les parents.

Aux adolescents et étudiants, la sieste permet d'éviter les conflits avec leurs parents, de se sentir bien avec les copains et de réussir plus facilement leurs examens. Tout au long de ma vie d'étudiant, j'ai toujours respecté une règle d'or : faire la sieste tous les jours pendant au moins un quart d'heure après le repas de midi. Résultat : j'ai toujours réussi les concours et les examens avec une grande facilité. Je suis absolument certain que cette habitude de faire la sieste a été un élément majeur dans ma réussite aux examens. La solution d'un problème de physique ou la manière de démontrer un théorème mathématique me venait d'ailleurs souvent pendant ce quart d'heure de repos quotidien…

Si la sieste des enfants et des étudiants est une grande priorité, il n'est cependant jamais trop tard pour bien faire et les adultes peuvent et doivent aussi apprendre à maîtriser l'art de la sieste.

Chez les personnes âgées, la sieste est très fréquemment pratiquée, car les retraités sont à la fois plus fatigables et moins surmenés par leur travail que les personnes actives. Selon une étude de Inge Strauss, professeur de psychologie clinique à l'université de Zurich, plus de 60 % des personnes interrogées (âgées de 65 à 83 ans) font souvent ou régulièrement la sieste.

La sieste semble donc utile à tout âge, aussi bien aux bébés, qu'aux enfants scolarisés, aux étudiants, aux adultes actifs et aux retraités.

Les positions pour faire la sieste

D'un point de vue pratique, il importe de déterminer quelle est la (ou quelles sont les) meilleure(s) position(s) pour faire la sieste. Les animaux prennent des positions très variées pour se reposer. Le chat et le chien, par exemple, s'allongent sur le côté ou se roulent en boule, mais ils peuvent aussi se coucher sur le dos, ou sur le ventre, les pattes repliées ou non. Le léopard s'allonge sur une branche d'arbre, la chauve-souris se suspend, l'escargot rentre dans sa coquille… Cette diversité dans les positions possibles pour le sommeil des animaux se retrouve chez l'homme.

Le *Kāma-sūtra* est un traité des règles de l'amour écrit en sanscrit par Vatsyayana entre le IVe et le VIIe siècle de notre ère. Ce texte décrit une grande diversité de positions amoureuses. Comme l'érotisme, la sieste s'accommode fort bien d'une grande variété de positions. Il n'y a pas de position typique de la sieste : on peut la faire n'importe où et dans n'importe quelle position. Tout est possible dans ce domaine, car la sieste n'est pas tellement dépendante de la position du corps. Il s'agit avant tout d'un repos du cerveau.

Voici quelques suggestions : allongé sur le dos, sur le côté, sur le ventre, dans un hamac, les jambes pliées ou allongées, ou assis, debout, à genoux, prosterné, par terre, dans un lit, sur un banc, avec un coussin ou un oreiller, seul ou à plusieurs… Un grand nombre de combinaisons et de positions sont possibles. La seule chose qui importe, c'est de se sentir à l'aise, suffisamment détendu pour pouvoir basculer vers un état de relaxation mentale.

La *position allongée* est sans doute la plus facile pour commencer, mais vous aurez tout à gagner à découvrir dès que possible la sieste en position assise, qui est plus facilement praticable dans l'avion, en voiture, dans le train, au travail…

La *position du cocher de fiacre* est peu connue mais très utile, car adaptable à un grand nombre de circonstances de la vie courante : assis, la tête et le torse penchés en avant, les jambes légèrement écartées, les mains et les bras reposant sur les genoux ou sur les pieds. Cette position permet d'atteindre sans difficulté le sommeil profond. Une variante consiste à rester assis le dos droit, si possible adossé, la tête appuyée en arrière ou au contraire penchée en avant. Cette position peut s'utiliser dans le train, dans l'avion, dans une salle d'attente…

En *voiture,* on utilisera l'une des trois positions suivantes pour se relaxer :

– en position semi-allongée, adossé au siège que l'on aura, si possible, préalablement incliné ;

– allongé sur la banquette arrière (si la place le permet) ;

– assis, la tête appuyée sur le côté (un peu plus difficile, mais présente l'avantage d'être utilisable même si la place est limitée).

Au *bureau* ou à l'*école,* il est possible de récupérer très vite en se laissant aller en avant sur son bureau, la tête et les deux bras posés sur le bureau de manière à bien détendre les muscles du cou. On pourra utiliser en particulier cette position au cours d'examens avec épreuves longues (trois heures ou plus) pour récupérer en moins d'une minute avec une sieste-flash.

Dans le *métro,* les champions de la sieste peuvent s'endormir et se réveiller assis sur un strapontin ou même debout et ceci en moins d'une minute, par exemple entre deux stations.

L'heure de la sieste

« Dormir n'est pas un petit tour de force,
il faut y veiller tout le jour durant. »

Friedrich NIETZSCHE

Par définition, la sieste est le sommeil de l'après-midi et, plus généralement, nous nous sommes accordés de qualifier de sieste tout repos, avec ou sans sommeil, pris en cours de journée. Comment choisir l'heure de sa sieste ? Peut-on faire la sieste n'importe quand ou certaines heures sont-elles préférables ? Les quatre points qui suivent vous aideront à déterminer les périodes les plus favorables dans votre cas :

1. *L'instinct :* les signes de sommeil donnés par notre corps ne viennent pas par hasard, mais pour nous indiquer à quel moment et de quelle manière nous devons dormir. C'est quand on en ressent le besoin qu'il faut se reposer et que la sieste sera la plus efficace. L'instinct du sommeil s'est mis au point dans la nature au fur et à mesure de millions d'années d'évolution et le processus de sélection naturelle fait que cet instinct ne peut que se perfectionner au cours du temps. Apprenons donc à reconnaître les si-

gnes précurseurs du sommeil : paupières lourdes et qui clignent, lourdeur de la tête, ralentissement des réflexes, sensation de torpeur...

2. *La régularité :* il est fortement conseillé, dans la mesure du possible, de faire la sieste toujours à la même heure. Ainsi le corps s'habitue à se reposer à ce moment-là et le sommeil n'en est que plus réparateur.

3. *Les vagues du sommeil :* le sommeil humain se déroule par cycles de une heure et demie à deux heures, selon les individus. Au cours d'un cycle, nous passons par tous les stades du sommeil, depuis l'éveil jusqu'au sommeil paradoxal, en passant par le sommeil profond. Ce cycle rythme la profondeur du sommeil tout au long de la nuit et il est accompagné de variations du taux des hormones de sommeil dans le sang. Mais ce cycle n'est pas seulement nocturne : il se poursuit aussi dans la journée. Toutes les quatre-vingt-dix minutes survient une « vague de sommeil », période d'assoupissement qui correspond à une légère augmentation du taux d'hormones du sommeil dans le sang. Il est très facile de s'endormir à ce moment-là. Si, au contraire, comme un surfeur qui rate sa vague, nous laissons passer ce moment, il faudra attendre la vague suivante, environ une heure et demie plus tard, pour pouvoir naviguer à nouveau vers le royaume des songes. Le passage de cette vague du sommeil à intervalles réguliers est le meilleur moment pour faire la sieste : on ressent alors une inclination naturelle à dormir. C'est le bon moment pour commencer une sieste, quelle que soit sa durée : cinq, dix, vingt minutes ou davantage.

La durée de la sieste peut être déterminée librement et elle est, en général, plus courte qu'un cycle complet de sommeil, car on n'est pas obligé d'aller jusqu'au sommeil très profond. Les bienfaits de la sieste sont très puissants même en se contentant d'un sommeil superficiel ou d'une simple relaxation de quelques minutes. L'important, c'est de commencer sa sieste au bon moment : l'endormissement est plus aisé à certaines heures de la journée. Il est possible d'apprendre à connaître ses cycles du sommeil pour choisir le meilleur moment, de même qu'une femme qui connaît son cycle menstruel sait quand elle est fécondable.

Retenons simplement que certains moments sont plus propices que d'autres à la sieste, avec une périodicité de quatre-vingt-dix minutes environ. On parle aussi de « train du sommeil » : la maîtrise des rythmes biologiques consiste à apprendre l'art de prendre le bon train au bon moment.

4. Le *début d'après-midi :* ce moment de la journée est, comme nous l'avons déjà vu, particulièrement propice au repos. En effet, les premières « vagues de sommeil » de l'après-midi sont plus puissantes que celles du matin ou de la fin de l'après-midi. C'est donc le moment le plus favorable à la sieste.

Voici le mode d'emploi de la sieste tel qu'il est proposé par Augustin Barbara, sociologue : « Il nous faut apprendre à siester. Quelques conditions sont nécessaires ainsi que quelques rites. Vingt minutes suffisent dans la plupart des cas, précédées éventuellement d'une page de lecture. Paupières lourdes et bras le long du corps, dans une chambre relativement sombre. Il faut aussi être sûr de ne pas être dérangé pendant ce laps de temps. » L'auteur poursuit : « La sieste n'est pas faite pour dormir. Ce n'est pas nécessaire. Un simple ensommeillement est suffisant pour se régénérer. Le principe est de se mettre entre parenthèses quelques instants, se mettre en vacances en allant aux abords du sommeil... Se mettre en état de sieste comme en état de grâce[1]. »

Différents types de siestes

Rien n'est plus simple que faire la sieste. Pour mieux apprendre, décomposons celle-ci en plusieurs étapes élémentaires :

1. fermeture des yeux ;
2. décontraction maximum de tous les muscles ;
3. respiration lente et profonde ;
4. laisser une sensation de calme et de bien-être vous envahir. Cette sensation est liée à l'apparition d'ondes électriques de type *alpha* dans votre cerveau. La décontraction des muscles du cou et des rides du front approfondit l'état de relaxation et augmente donc l'efficacité de la sieste.

La sieste peut être rendue plus efficace encore en sentant, comme au cours d'une séance de relaxation, son corps devenir de plus en plus chaud et lourd pendant la sieste. La concentration sur la chaleur et la lourdeur est d'ailleurs la base d'une méthode de relaxation célèbre dans le monde entier : la méthode du docteur Schultz.

En général, la sieste se fait plutôt en solitaire, allongé et les yeux fermés. Il existe cependant de nombreuses variantes. Apprenez les différentes manières de faire la sieste, et vous pourrez ainsi récupérer très vite votre énergie vitale, en toutes circonstances :

– *La sieste en amoureux* consiste à faire la sieste à deux, blottis l'un contre l'autre, ou en tenant la main de son (ou

---

1. Tiré de « Le sommeil mis à nu », *Le groupe familial,* n° 102, 1984.

sa) partenaire, tout en dormant. Ainsi chacun des deux profite du contact avec l'être aimé pendant toute la sieste.

– *Il est parfaitement possible de faire la sieste debout* comme les chevaux. En effet, la sieste consiste avant tout en une récupération du cerveau, les yeux fermés, avec un ralentissement des rythmes de la pensée, ce qui ne nécessite pas forcément d'être allongé et peut très bien se faire debout (très utile dans le métro aux heures de pointe !). La relaxation debout est surtout réservée aux champions de la sieste ou à ceux qui sont en passe de le devenir. Celui qui maîtrise cette technique du « sommeil debout » pourra – comme les dauphins – se reposer par des siestes-flash durant la journée. Avantage : peut se pratiquer n'importe où et n'importe quand.

– *La sieste au soleil* fait profiter, en même temps que l'on se repose, des bienfaits des rayons solaires. De nos jours, nous manquons de lumière tout comme nous manquons de sommeil. Le soleil permet à notre corps de fabriquer la vitamine D nécessaire à la croissance de l'enfant et au maintien de la masse osseuse de l'adulte. La sieste au soleil est donc une méthode simple et agréable qui ajoute les bienfaits de la sieste à ceux du soleil, en particulier pour ceux qui vivent en intérieur. Mais attention aux coups de soleil !

– *La sieste marine* consiste à dormir en faisant la planche dans l'eau. Saviez-vous qu'il est possible de dormir en flottant ? Agréables sensations en perspective pour un après-midi au bord de la mer… La mise en application est cependant délicate en cas de mer agitée : il y a risque de « boire la tasse » ! Ce type de sieste est donc plutôt réservé aux champions de la sieste… ou de natation ! Une variante facile consiste à utiliser un matelas pneumatique pour une sieste marine en toute tranquillité, en prenant garde de ne pas dériver vers le large !

Un médecin américain, le docteur Edmond Bordeaux Szekely, l'un des précurseurs du mouvement écologique en Californie, spécialiste des moyens naturels de santé et de développement personnel au début du XXe siècle, a mis au point un modèle de baignoire révolutionnaire, une sorte de « bronzoir à eau » pour faire la sieste au soleil tout en ayant le corps qui baigne dans quelques centimètres d'eau. Ainsi, l'organisme se ressource en étant simultanément en contact avec les énergies de la pierre, de l'eau, du soleil et du grand air. Une véritable cure de jouvence, le temps d'une sieste !

Où peut-on faire la sieste ?

On peut faire la sieste dans beaucoup d'endroits différents. Ce ne sont pas les possibilités qui manquent et il est donc possible de choisir son type de sieste en fonction du lieu où l'on se trouve :

Le lit est bien évidemment le lieu idéal pour la sieste. On le connaît. On l'aime. On s'y sent à l'aise. Attention cependant à ne pas plonger trop profond dans le sommeil si l'on est pressé par le temps !

Dans le train : s'adosser confortablement, décroiser les jambes, caler la tête avec les bras et se laisser aller. Les vibrations et le son monotone du train qui roule contribuent à favoriser un sommeil réparateur. Hormis le contrôleur, personne ne peut nous déranger pendant une sieste ferroviaire !

Dans l'avion : choisir de préférence une place côté hublot pour pouvoir appuyer la tête sur la carlingue de l'appareil. Se laisser aller vers la sieste comme dans le train. Personnellement, je profite souvent d'un voyage en train ou en avion pour récupérer du sommeil en retard. De plus, une sieste d'un quart d'heure remet dans une forme époustouflante. En appliquant cette technique, au lieu d'arriver exténué par le voyage, vous arriverez plus en forme qu'en partant. Le bruit, les vibrations, le manque de place ne seront plus des obstacles au sommeil une fois que vous serez devenu un champion de la sieste.

Il est même possible de faire la sieste *dans les toilettes,* en utilisant la position du cocher de fiacre décrite plus haut. Cela peut être très utile pour se recentrer et reprendre ses esprits quelques minutes avant une conférence ou un entretien important. Avantage : même au cœur d'une grande ville ou dans des locaux d'entreprises, il y a toujours des toilettes. Discrétion assurée : personne ne viendra vous déranger et personne ne saura que vous avez fait la sieste !

Il est possible aussi de faire la sieste dans une salle d'attente, dans une salle d'embarquement d'avion ou à un arrêt de bus en ville et dans bien d'autres lieux que vous découvrirez par vous-même.

Les rituels de la sieste

Des rites du sommeil s'observent chez de nombreux animaux. Cela se traduit par des actes préparatoires au sommeil qui sont répétés avant chaque endormissement. Les carnassiers, par exemple les lions, les renards, et même certains chiens domestiques, tournent en rond plusieurs fois sur place avant de se coucher, pour inspecter les lieux et faire leur nid en couchant l'herbe au sol.

Le fait de se rendre dans un lieu particulier est aussi un rituel de préparation : le lapin ne dort que dans son terrier, tandis que les ours ont une prédilection pour les cavernes, creux de rocher et autres endroits protégés. Ces animaux sont ainsi assurés d'être tranquilles et à l'abri des prédateurs et des variations météorologiques pendant leur sommeil. De même, votre rituel de préparation à la sieste pourra consister à préparer votre lit, débrancher le téléphone ou éteindre votre portable pour ne pas être dérangé, vous laver les dents, boire un verre d'eau, vous déshabiller, enfiler un pyjama, éteindre la lumière... Un tel rituel est utile, car il agit comme un réflexe conditionné pour faciliter la venue du sommeil.

Combien de temps doit durer une sieste ?

Il n'existe pas de durée type pour la sieste : la bonne durée est celle qui vous convient. Winston Churchill et André Gide dormaient plus d'une heure. Dalí se contentait de quelques secondes... Personnellement, mes siestes durent entre quelques secondes et vingt minutes. Le nombre de siestes (une, deux ou trois par jour ou davantage) et leur durée (de une à trente minutes ou davantage) dépendent de critères individuels : emploi du temps et préférences de chacun. Il n'existe donc pas de sieste type, de sieste universelle à pratiquer de manière identique par tous, mais il existe au contraire un grand nombre de manières de faire la sieste, parmi lesquelles vous pourrez choisir celles qui vous conviennent le mieux. Plus vous serez entraîné, plus la récupération sera rapide et efficace. Un champion de la sieste peut récupérer toute son énergie vitale en quelques minutes...

Les siestes d'une durée plus courte doivent cependant être renouvelées plus fréquemment. En effet, l'expérience montre que les effets d'une sieste d'une minute ne sont pas aussi durables que ceux d'une sieste de trente minutes. Une sieste d'une demi-heure est à peu près équivalente à deux siestes de quinze minutes ou plusieurs siestes de cinq minutes. Ce qui importe n'est pas de dormir beaucoup, mais de dormir au bon moment et en fractionnant le sommeil en plusieurs fois, de manière à ne pas laisser la fatigue nerveuse s'accumuler.

Sieste royale, sieste-relax et sieste-flash

On peut classer les siestes en trois catégories en fonction de leur durée : la sieste royale, qui dure au moins trente minutes, la sieste-relax qui dure entre cinq et trente minutes et la sieste-flash, qui dure moins de cinq minutes.

Une *sieste royale* se fait de préférence allongé (dans un lit, un hamac, sur un banc ou dans l'herbe...) et sans limitation de durée. Une sieste royale permet d'accéder facilement à tous les stades du sommeil, depuis l'état de veille, jusqu'au sommeil profond et au rêve. La sieste royale est celle que l'on utilise en cas de grande fatigue, par exemple pour récupérer après une nuit blanche ou pour récupérer du décalage horaire après un voyage intercontinental. On pourra par exemple s'installer et visualiser qu'on est allongé sur une plage en été, sous les cocotiers. Parmi les amateurs de la sieste royale, citons l'écrivain André Gide : « Mes siestes [...] durent parfois près de deux heures, sans préjudice aucun pour le long sommeil de la nuit. »

La *sieste-relax* dure entre cinq et trente minutes. C'est la plus pratiquée au monde, celle qu'il est recommandé de faire au moins une fois par jour, par exemple après le repas de midi. La sieste-relax est polyvalente : elle peut se faire allongé ou assis ou dans la position du cocher. Sa durée dépendra de l'emploi du temps et des préférences individuelles. Certains l'aiment longue (vingt à trente minutes) et dans un lit, d'autres la préfèrent plus courte (cinq ou dix minutes) et à position modulable (assis, semi-allongé...), quitte à s'y abandonner plus souvent. Il est parfois difficile de faire une sieste-relax au bureau, mais cela est toujours possible dans le train, dans le métro, dans l'avion, chez soi au retour du travail... Cette sieste a de tout temps été la plus populaire, ainsi que le suggère Maupassant au retour d'une partie de chasse : « Dans le break, en revenant, tous les hommes sommeillèrent. »

La *sieste-flash* est une sieste ultrarapide, d'une durée inférieure à cinq minutes, qui permet de dissoudre le stress et d'augmenter rapidement son niveau d'énergie vitale avant un événement clé : prendre la parole en public, passer un examen, rencontrer un client important, ou tout simplement pour se remettre en forme après une journée harassante. La sieste-flash consiste à fermer les yeux et à se relaxer instantanément en inspirant profondément et en expirant lentement. La sieste-flash s'adapte à tous les environnements : on peut faire une sieste-flash entre deux stations de métro ou même en restant debout dans un couloir dans l'attente d'une entrevue. Le prototype parfait de la sieste-flash est le système qu'utilisait le peintre Salvador Dalí : il s'agit de s'asseoir dans un fauteuil avec une cuillère tenue entre le pouce et l'index, en ayant soin de disposer au préalable une assiette en étain sur le sol à la verticale de la cuillère. Lorsque le sommeil arrive, les muscles de la main se relâchent, la cuillère tombe dans l'assiette et le bruit réveille le dormeur : la durée du sommeil est donc automatiquement très courte. Dalí prétendait que le sommeil obtenu avant le choc de la cuillère était particulièrement bienfaisant et qu'il s'en relevait frais et dispos. Je partage entièrement son point de vue. La technique de Dalí est un excellent exemple de sieste-flash. Le dauphin ne dort pas plusieurs heures d'affilée comme l'homme. Il ne dort que par des siestes-flash de quelques secondes et ne s'endort jamais complètement. C'est un mammifère qui maîtrise de manière innée le sommeil ultrarapide. Tout le monde peut arriver à produire ce type de sommeil ultrarapide et cependant très reposant. La maîtrise de cette technique est le signe que l'on accède au stade de champion de la sieste dont nous reparlerons plus loin.

La sieste en urgence

Voici des moments où il est recommandé de tout laisser tomber pour faire la sieste :

Quand tout va mal : arrêtez tout, allongez-vous et dormez. Après une bonne sieste, tout semble s'éclairer d'un nouveau jour. Les événements prennent une nouvelle tournure. Tout se passe comme si la sieste rajoutait du relief et de l'optimisme à la vie (voir, à ce sujet : www.optimi.org). Je suis toujours surpris de constater à quel point une situation qui paraissait négative et inextricable devient claire et positive après une simple sieste.

Fatigue au volant : outre le fait que la fatigue induit un stress nuisible au système nerveux et à la santé, il est dangereux de conduire pendant de longues durées sans se reposer. La sieste-flash en voiture suffira souvent pour reprendre ses esprits et, en cas de fatigue plus importante (la nuit), une sieste-relax permet de repartir en pleine forme. Si personne ne peut vous remplacer au volant, garez-vous pendant le temps nécessaire, par exemple sur un parking d'autoroute.

Les idées s'embrouillent : lorsqu'on travaille trop, il vient un moment où les idées se mélangent dans la tête. Tout s'embrouille et vous ne parvenez plus à vous concentrer. C'est le signe que votre système nerveux a besoin d'un peu de repos. La sieste-flash suffira le plus souvent.

Avant un rendez-vous, une rencontre, un discours, une présentation, un entretien ou un examen important : isolez-vous un moment, fermez les yeux, respirez profondément et visualisez que tout va se passer de la manière la plus heureuse possible. La sieste-flash sert alors simultanément d'antistress, d'antitrac et de préparation psychologique.

Après un gros repas : si vous n'avez pu résister à la tentation d'un bon repas au restaurant, le début de l'après-midi sera de toute manière placé sous le signe de la torpeur, alors autant en profiter pour faire une petite sieste qui favorisera la digestion et vous remettra en pleine forme avant de reprendre vos activités. Le stress digestif consécutif au repas pouvant être important, la sieste-flash ne suffit pas toujours. La sieste-relax conviendra alors parfaitement, mais prévoyez peut-être quand même... une sieste royale à l'occasion des repas de Noël, de Pâques, de mariage et d'anniversaire !

La respiration pendant la sieste

La respiration tend à se ralentir spontanément pendant la sieste. L'état de semi-sommeil est idéal pour pratiquer des exercices de respirations profondes dont les bienfaits, que décrivent les yogis, se conjugueront avec ceux de la sieste. L'effet relaxant d'une sieste avec respirations profondes est bien plus rapide et encore plus agréable que celui d'une simple sieste.

Voici comment procéder : tout d'abord, bien dégager les voies respiratoires avant de commencer, en desserrant la cravate ou le premier bouton de la chemise si nécessaire. Mouchez-vous pour dégager les narines. Installez-vous pour la sieste, fermez les yeux et respirez de préférence par le nez en ralentissant volontairement le rythme à la fois inspiratoire et expiratoire, et en ménageant des pauses de quelques secondes (rétention d'air), les poumons vides et les poumons pleins. Cette technique de « respiration profonde » permet même de se relaxer sans fermer les yeux, par exemple au cours d'une réunion de travail. C'est par la respiration qu'il est le plus facile de contrôler son calme mental. En ralentissant le rythme respiratoire, les rythmes du cerveau, qui sont couplés avec ceux de la respiration, ralentissent également. Il est ainsi possible, pour les spécialistes, d'induire l'état *alpha* (aussi reposant que la sieste) les yeux ouverts !

Les accessoires de la sieste

De nombreux accessoires peuvent rendre la sieste plus agréable et plus facile. Ces gadgets ne sont pas vraiment indispensables : il n'est besoin de rien pour faire la sieste, mais ils peuvent aider à découvrir la sieste et la rendre plus agréable et plus performante.

Le *hamac* (mot qui nous vient des Caraïbes, où des Indiens dormaient dans un *hamacu*, grand berceau suspendu fait de lianes tressées) est un véritable lit oscillant qui, non seulement nous déconnecte de notre environnement habituel (la terre), mais en plus nous berce d'un rythme monotone qui facilite la sieste.

Les *boules Quiès,* du nom de leur inventeur, ou « bouchons d'oreilles », aident à s'isoler du bruit, en se bouchant les oreilles, ce qui peut s'avérer utile dans un environnement urbain ou bruyant. On remarquera cependant que, pour les champions de la sieste, ce que vous pouvez devenir bientôt en suivant nos conseils, le bruit n'est pas un obstacle à la venue du sommeil.

Le *bandeau oculaire* est à la lumière ce que les boules Quiès sont au bruit. Ce bandeau, souvent distribué aux voyageurs dans les avions pour favoriser l'isolement et le repos, est un cache noir maintenu devant les yeux par un élastique qui passe derrière la tête. Le bandeau oculaire oblige à garder les yeux fermés et favorise le sommeil grâce à l'obscurité dans laquelle il plonge le sujet. Le bandeau oculaire est peu onéreux et constitue une aide utile pour déconnecter, en particulier pour ceux qui seraient gênés par la lumière. Un ami journaliste avec lequel je discutais à propos du manuscrit de ce livre m'a raconté que Valéry Giscard d'Estaing, ancien président de la République française, utilisait volontiers un bandeau oculaire pour faire la sieste dans l'avion présidentiel : il prenait alors congé de ses collaborateurs en leur annonçant : « Excusez-moi, je m'envole quelques minutes pour Venise. »

Le *walkman* donne la possibilité de faire la sieste en musique, en choisissant bien sûr une musique douce, telle qu'un bon morceau de musique classique (par exemple : nocturnes de Chopin, symphonies de Mozart n°s 30, 33, 34, 40 ; sonates pour violon de Beethoven n°s 2, 7 et 10 ; symphonie avec orgues de Saint-Saëns) ou une musique spécialement adaptée à la relaxation (les musiques de Steven Halpern ou de Kitaro conviennent parfaitement).

Il est possible aussi d'écouter une cassette de relaxation guidée par la voix d'un relaxologue. Éviter tout de même les musiques « casse-neurones », bien qu'un champion de la sieste puisse dormir même dans le tintamarre. J'adore danser le rock 'n' roll et il m'arrive donc, occasionnellement, d'aller en boîte de nuit avec des amis. J'en profite toujours pour récupérer un peu de sommeil en retard : en effet, ayant en général travaillé dur toute la journée, je ne rate pas cette occasion de faire une sieste d'un quart d'heure au milieu de la nuit, assis dans la position du cocher sur un fauteuil de la discothèque. La musique, même forte, n'empêche absolument pas de dormir. Je peux vous assurer que, grâce à cette sieste inopinée, et sans doute aussi parce que je fais attention à mon alimentation et ne bois jamais d'alcool fort, je me lève le lendemain matin en pleine forme comme d'habitude, content d'avoir passé une bonne nuit à danser et discuter avec des amis.

Le *Stressomètre*™ *Comby,* développé par l'IBC, permet de mesurer les bienfaits de la sieste, d'apprendre à se déstresser, à mieux contrôler son sommeil et à se relaxer plus profondément plus rapidement. Cet appareil nouveau (invention mondiale) est un sismographe humain disposant d'un capteur d'une grande précision qu'on appelle un accéléromètre. Ce capteur est le résultat de plus de dix années de recherches scientifiques et d'études cliniques de l'IBC. Les accéléromètres sont aussi utilisés pour le pilotage des sous-marins nucléaires. Le *Stressomètre Comby* est plus sensible que la plupart des sismographes mesurant les tremblements de terre. Le capteur est tenu dans la main. La mesure se fait en vingt secondes seulement. Avec le *Stressomètre Comby,* on mesure ainsi le tremblement nerveux microscopique, de quelques microns (millièmes de millimètre) seulement d'amplitude, qui anime en permanence notre corps. Ce tremblement de très faible amplitude (en général non visible à l'œil nu, sauf dans un état de stress important) constitue un indicateur de notre degré de nervosité, que l'on peut ainsi mesurer, étudier scientifiquement et surtout diminuer pour renouer, grâce à des techniques comme la sieste, avec une vie meilleure. Le *Stressomètre Comby* (voir www.tnr.fr) est un système électronique innovant vendu dans le monde entier, en Europe, aux États-Unis et même au Japon. L'appareil permet aussi de faire des exercices pour apprendre à diminuer son degré de stress. Son utilisation est particulièrement recommandée avant et après différents types de siestes, pour en constater les bienfaits. Les études scientifiques effectuées jusqu'à présent[1] ont montré qu'en moyenne le niveau de stress mesuré par le *Stressomètre Comby* diminue de 30 % après

1. Voir par exemple : « New Method for the Measurement of Tremor At Rest », de B. Comby et du Dr M. Bouchoucha, du service de physiologie de l'hôpital Laennec, étude scientifique publiée dans les Archives internationales de physiologie, biochimie et biophysique, vol. 100, p. 73-78, 1992 (disponible sur le site www.tnr.fr).

une sieste ou une séance de relaxation d'une vingtaine de minutes.

Les *synchroniseurs cérébraux* sont des appareils électroniques qui stimulent le cerveau à l'aide de sons ou de lumières rythmiques provenant d'un casque placé sur les oreilles ou de lampes disposées devant les yeux. Les stimulations sonores et visuelles sur des fréquences très précises provoquent un phénomène appelé « synchronisation cérébrale » qui facilite la déconnexion sensorielle et la sieste. Ces appareils relativement coûteux sont des gadgets dont l'utilisation n'est pas indispensable, mais ils peuvent favoriser la venue ou la profondeur de la sieste.

Le *matelas* est un élément de confort important pour profiter à fond de sa sieste. Pierre Fluchaire, un spécialiste qui a écrit une dizaine d'ouvrages sur le sommeil et qui, grand amateur de siestes, ne dort lui-même que quatre heures chaque nuit, donne les trois conseils suivants pour bien dormir et mieux vivre :

1. avoir un bon matelas ;
2. respecter les cycles du sommeil (ce qui signifie qu'il faut suivre son instinct en matière de sommeil et se reposer lorsque passe le « train du sommeil ») ;
3. pratiquer la sieste.

> Le *matelas à eau,* comme le caisson d'isolation sensorielle, favorise la sensation d'apesanteur, ce qui facilite la sieste et le sommeil. Saviez-vous que le matelas à eau est en fait une invention vieille de... trois mille ans ? Certains Perses dormaient en effet sur des matelas remplis d'eau fabriqués avec des peaux de chèvres cousues ensemble.

Que faire pendant la sieste ?

L'époque où l'on estimait perdre son temps en dormant est révolue ! Maintenant la sieste et le sommeil ne sont plus du temps perdu. En effet, il est possible de travailler et de développer sa personnalité et sa mémoire en dormant. Diverses techniques de développement personnel s'appliquent à merveille pendant la sieste :

– méthodes de relaxation, évidemment !

– exercices respiratoires et respirations profondes : respirer plus profondément et plus lentement, avec douceur, sans à-coups. La respiration doit être abdominale, régulière et agréable...

– autosuggestion : se répéter tout au long de la sieste la fameuse phrase : « Chaque jour, à chaque instant et à tout point de vue, je me sens de mieux en mieux » (ou une autre phrase de votre choix), en imaginant que vous vous sentez de mieux en mieux ;

– visualisation et imagerie mentale : visualisez sur votre écran mental pendant la sieste les images des objectifs que vous poursuivez ;

– contrôle des habitudes (tabac, boulimie...) : visualisez le comportement que vous souhaitez favoriser pendant la sieste, jusqu'à en rêver. Lorsque vous êtes capable d'en rêver, c'est que votre subconscient a accepté l'idée : c'est gagné !

– hypnopédie : méthode d'apprentissage rapide pendant le sommeil, utilisée en particulier pour l'apprentissage des langues étrangères ;

– cassettes audio : des messages enregistrés par-dessus une agréable musique de détente, qui permettront de transformer votre personnalité dans le sens que vous aurez choisi ;

– bien d'autres techniques sont applicables pendant la sieste : autosuggestion, auto-hypnose, programmation mentale, prière, bilan mental, examen de conscience... Nous en reparlerons au chapitre sur la spiritualité.

Exercices pour bien faire la sieste

La sieste doit être pratiquée au moins une fois par jour. Il existe de nombreux exercices pour apprendre à mieux faire la sieste, en découvrir les bienfaits et mieux contrôler son sommeil. En voici quelques-uns. Vous retrouverez ces exercices sur le site internet www.comby.org

Exercice n° 1 : La sieste basique

Tout simplement :

1. Installez-vous, aussi confortablement que possible (assis ou allongé, desserrez la cravate et le dernier bouton de la chemise si nécessaire afin de bien respirer) ;
2. décroisez bras et jambes ;
3. fermez les yeux ;
4. ralentissez progressivement la respiration qui doit rester souple et agréable, jamais d'à-coups – ni trop lente ni trop rapide ;
5. ralentissez progressivement le rythme de vos pensées en même temps que la respiration ;
6. décontractez les muscles : du cou, de la mâchoire, du dos, des bras, des jambes et de toutes les parties de votre corps.

En jouant à la fois (ou successivement) sur le ralentissement de la respiration, sur la décontraction musculaire et sur vos pensées, vous disposez de plusieurs leviers permettant divers exercices et techniques (voir ci-dessous) pour mieux contrôler votre sommeil et descendre de plus en plus vite et de plus en plus profondément vers un sommeil réparateur lors de votre sieste.

Exercice n° 2 : Comment se réveiller en pleine forme

La décision de se réveiller est d'abord prise, le corps restant immobile, soit mentalement par votre conscience qui décide de se réveiller lorsque vous le souhaiterez, ou par la survenue d'un événement extérieur, par exemple un réveil qui sonne, un bip d'ordinateur, l'annonce faite par le commandant de bord du prochain atterrissage de votre avion, etc.

Même si la sieste était courte (voir « sieste-flash »), il est essentiel de se réveiller progressivement :

- Inspirez d'abord profondément une première fois, en commençant à bouger d'abord le bout des doigts, puis les mains, les doigts de pieds et enfin les pieds ;
- inspirez profondément une deuxième fois en étirant les bras et les jambes ;
- inspirez profondément une troisième fois en étirant l'ensemble du corps, bras et tête vers le haut, jambes vers le bas ;
- ouvrez les yeux, regardez et admirez le monde autour de vous. Voyez et profitez de chaque détail visuel. Faites un tour d'horizon puis fixez le regard quelques secondes en vous concentrant sur un point précis lointain puis proche (exercice d'accommodation visuelle) ;
- puis, souriez et levez-vous (ou bougez les extrémités si vous êtes dans un véhicule ne vous permettant pas de vous lever), vous êtes en pleine forme, la vie est belle et cela vous met de bonne humeur !
- enfin revenez à vos occupations habituelles.

Exercice n° 3 : Variez les lieux et la posture

Testez différents lieux et différentes positions de sieste : assis, allongé, semi-allongé, les bras décontractés le long du corps ou repliés derrière la tête. Essayez aussi avec les mains couvrant les yeux, la tête penchée sur l'épaule de votre conjoint ou encore assis, par exemple à votre bureau, la tête sur les bras, eux-mêmes posés sur la table. Il est utile de savoir et de pouvoir faire la sieste dans toutes les positions !

Exercice n° 4 : Visualisation de la lourdeur

Décontractez autant que possible tous les muscles, en parcourant mentalement chaque région de votre corps les unes après les autres (bras droit, puis gauche, puis jambe droite puis gauche, puis le tronc, la tête et enfin l'ensemble du corps) en les sentant devenir de plus en plus lourds comme si la pesanteur augmentait et que votre organisme se « liquéfiait ».

La décontraction entraîne en effet une meilleure perception de la lourdeur et la réciproque fonctionne également : une meilleure perception de la lourdeur favorise la descente vers le sommeil.

Exercice n° 5 : Visualisation de la chaleur

Décontractez autant que possible tous les muscles du corps, en parcourant mentalement les bras et les jambes (bras droit, puis gauche, puis jambe droite puis gauche) en les sentant devenir de plus en plus chauds, envahis d'une agréable chaleur, comme si le rayonnement émis par votre organisme augmentait.

La décontraction entraîne en effet une vasodilatation périphérique et une meilleure perception de la chaleur dans diverses parties du corps (bras et jambes notamment) et la réciproque fonctionne également : une sensation de chaleur agréable au niveau de votre peau favorise la descente vers le sommeil.

Exercice n° 6 : Mouvements oculaires

Fermez les yeux et respirez profondément. Faites ensuite des cercles avec les yeux derrière les paupières fermées (dix fois dans un sens, puis dix fois dans l'autre) puis décontractez-vous et laissez-vous tomber encore plus profond dans le sommeil en laissant les yeux partir vers le haut, derrière les paupières fermées.

Exercice n° 7 : Relaxation des différentes zones du corps

Une fois les yeux fermés, passez en revue chaque partie du corps et « dynamisez » mentalement chaque région, en visualisant vos cellules pleines de vitalité, comme une pile qui se rechargerait en électricité. Cette « dynamisation » peut être ressentie comme un agréable et léger picotement, ou comme un agréable courant d'air parcourant votre organisme.

Exercice n° 8 : Contractions statiques

Juste avant la sieste, contractez successivement sans pour autant les bouger (d'où le terme de « contraction statique ») l'une après l'autre les différentes parties du corps : les poings, les bras, le cou, la mâchoire, les jambes, les cuisses, les muscles abdominaux et le dos. Puis relâchez tous vos muscles et laissez-vous descendre vers le sommeil. Cet exercice doit être pratiqué avec modération, notamment pour les personnes présentant un risque cardiovasculaire. Cet exercice peut également être pratiqué après le réveil, pour se remettre en forme et faire travailler (avec modération) ses muscles.

Pour les plus récalcitrants

Pas de panique : même si vous ne dormez pas très profondément au début, persévérez. Le sommeil vient en dormant ! N'oubliez pas que le simple fait de fermer les yeux en ralentissant la respiration aide à récupérer et vous relaxe. Même si vous ne dormez pas et que vous entendez tout ce qui se passe autour de vous, la sieste est bienfaisante.

En vous entraînant à faire ainsi la sieste, superficiellement dans un premier temps, puis de plus en plus profondément, vous apprendrez à mieux contrôler votre sommeil et à vous reposer de plus en plus rapidement et de plus en plus profondément.

Ainsi deviendrez-vous peut-être bientôt un « champion de la sieste » capable de vous endormir et de vous réveiller n'importe où, en moins de deux minutes ! Au besoin, vous pouvez inventer d'autres exercices ou appliquer d'autres méthodes de relaxation ou même appliquer la méthode classique : visualisez un troupeau de moutons et comptez les moutons...

L'important en ce qui concerne la sieste, c'est comme le sport, de s'entraîner en pratiquant avec régularité. Une à trois micro-siestes par jour, c'est parfait !

Cahier de sieste

Ce cahier n'est pas indispensable, mais il peut vous aider à découvrir la sieste et ses bienfaits. Il s'agit d'un petit cahier, par exemple à spirale, ou d'un fichier informatique sur votre agenda électronique, qui restera en permanence sur votre table de nuit, avec un stylo à proximité, et dans lequel vous pourrez noter tout ce qui concerne vos siestes, comme on peut consigner dans un cahier de rêves tout ce qui concerne nos rêves. On y notera par exemple au fur et à mesure : l'heure, la durée et la position de chaque sieste, la profondeur du sommeil obtenu (sur une échelle de 1 à 10), le degré de bien-être et de vitalité dans la demi-journée qui suit (sur une échelle de 1 à 10), l'ampleur du stress (mesurée avec le stressomètre), avant et après la sieste, la durée du sommeil la nuit suivante... Écrivez aussi après chaque sieste la liste des idées qui vous sont venues à l'esprit pendant le sommeil (très important, car les idées qui viennent pendant le sommeil viennent du plus profond de votre inconscient).

Vous apprendrez ainsi très rapidement à mieux vous connaître, vous constaterez que vos siestes seront de plus en plus créatives à mesure que le temps passe, votre sommeil vous aidera dans la conduite de votre vie, et vous conserverez une trace des améliorations dont la sieste vous aura fait bénéficier.

Pour bien vous préparer à la sieste, la première chose à faire est de mieux connaître vos besoins de repos. Inscrivez ci-dessous ou recopiez dans votre cahier les heures de la journée où vous avez des coups de pompe :

- Lundi : ....
- Mardi : ....
- Mercredi : ....
- Jeudi : ....
- Vendredi : ....
- Samedi : ....
- Dimanche : ....

C'est à ces moments-là qu'il faudrait que vous puissiez vous libérer quelques minutes pour la sieste. Où et comment pourriez-vous le faire ? Proposez des solutions ci-dessous (à recopier dans votre cahier de sieste) :

- Lundi : ....
- Mardi : ....
- Mercredi : ....
- Jeudi : ....
- Vendredi : ....
- Samedi : ....
- Dimanche : ....

Dressons maintenant la liste des endroits où vous pourriez faire une sieste, la durée de la sieste possible (sieste royale, sieste-relax ou sieste-flash ?) et les jours et heures des siestes pour chaque lieu :

- dans mon lit : ....
- dans la nature, dans le jardin : ....
- salle de relaxation (club de gym, après un sauna) : ....

- piscine ou plage : ....
- parcs et espaces verts : ....
- au travail : ....
- en voiture : ....
- train, avion : ....
- bus, métro : ....
- en week-end : ....
- en vacances : ....
- autres : ....

Afin de lever tous les obstacles, faites la liste de ce qui vous paraît s'opposer à la sieste (téléphone, réunion de travail...) :

....

....

Et cherchez des solutions point par point :

....

....

Si vous n'avez pas encore adopté la sieste dans votre vie quotidienne, marquez sur votre agenda, pendant les premières semaines, le mot « sieste » tous les jours à l'heure désormais réservée à cet effet. Prévoyez la durée nécessaire. Ainsi vous ne risquez pas d'oublier ou de programmer une autre activité : l'heure de la sieste est réservée.

Si vous craignez d'être ridiculisé par vos proches ou vos collègues de travail lorsqu'ils apprendront que vous faites la sieste, cochez les solutions que vous envisagez (ou mieux : recopiez sur votre cahier les solutions les plus adaptées à votre cas) :

1. Affirmez haut et fort votre droit à la sieste. Appuyez alors votre intention par un exemple convaincant que vous trouverez dans ce livre, par exemple : « Même des gens très bien font la sieste : Edison et Napoléon n'en rataient jamais l'occasion » ou « Je serai d'autant plus efficace

après » ou « La sieste est excellente pour la santé et développe l'efficacité et les performances »...

2. Trouvez un prétexte vraisemblable, tout en évitant de mentir : « J'ai un coup de téléphone à passer », « Je vais m'y remettre tout de suite » (sans préciser qu'il s'agit de la sieste), « J'ai un rendez-vous important (avec la sieste évidemment), « Je reviens dans vingt minutes », « Je dois réfléchir à la rédaction de ce rapport, ne me dérangez pas avant 15 heures »...

3. Quelle que soit la manière de présenter la chose à vos proches, soyez sûr de vous, parlez fort (ne marmonnez pas) et n'oubliez pas que l'humour est une arme de persuasion très efficace...

Si vous agissez ainsi, vos proches respecteront votre sieste et... ils auront probablement bien envie de vous imiter !

Savoir bien se réveiller

« Chaque réveil est pour nous comme une nouvelle naissance[1]. »

FREUD

La façon de terminer sa sieste est aussi importante que la manière dont on la commence. Dans les philosophies orientales, le passage du sommeil à l'éveil est un symbole important, qui représente souvent l'éveil spirituel de l'être tout entier. Le mot « Bouddha » se traduit littéralement par « celui qui est éveillé », du verbe *buhd* qui signifie « se réveiller ». Le Bouddha est donc celui qui a su bien se réveiller. En France, le lever du roi Louis XIV était, à l'époque, l'événement mondain le plus important de la journée à Versailles. Sa Majesté, encore au lit, recevait ses courti-

1. *Introduction à la psychanalyse.*

sans et, forte de son inspiration de la nuit, donnait ses instructions pour la journée.

On dit bien souvent qu'il suffit de « se lever du pied gauche » pour saborder la journée. La réciproque est vraie également : il est évident que celui qui sait se réveiller part du bon pied dans la vie. Savoir bien se réveiller est un art, une science, une technique qui s'apprend. Personnellement, j'ai connu jusqu'à l'âge de 25 ans (époque à laquelle j'ai amélioré mon alimentation) des réveils pénibles notamment lorsque j'oubliais de faire la sieste : après une nuit très longue (onze à douze heures), j'éprouvais le matin de grandes difficultés à émerger. Le bruit du réveil qui sonne résonnait alors dans ma tête comme un véritable cauchemar et j'étais déjà fatigué rien qu'à l'idée de devoir me lever, avant même d'avoir commencé la journée. Heureusement, j'ai appris depuis comment partir du bon pied et me réveiller facilement.

Il ne servirait à rien de faire une longue sieste pour repartir du pied gauche ! Voici comment procéder pour bien se réveiller :

Tout d'abord, ne pas se lever trop vite : il faut se donner le temps de se réveiller. La durée du réveil varie beaucoup en fonction des individus, mais elle est à peu près identique à la durée nécessaire à l'endormissement. S'il vous faut une dizaine de minutes pour descendre dans le sommeil, prévoyez plusieurs minutes pour vous réveiller en douceur. Les champions de la sieste s'endorment à volonté n'importe où en moins d'une minute, ils peuvent aussi se réveiller très rapidement et se retrouver debout et en pleine forme en quelques secondes au sortir d'un profond sommeil.

Avant toute autre chose, dès que vous reprenez vos esprits, souriez-vous à vous-même. Ayez des pensées positives : « Vive la vie ! Aujourd'hui est un jour merveilleux ! » En effet, vos premières sensations et émotions à la sortie du sommeil donnent le ton pour la journée. Votre première pensée détermine votre état d'esprit pour les heures qui suivent car, comme vous êtes encore endormi, cette pensée s'imprime fortement dans votre subconscient et agit comme une très forte suggestion hypnotique.

Dès que vous reprenez conscience, dites-vous, par exemple, tout en souriant : « Formidable ! Je suis en train de me réveiller, je me sens en pleine forme et aujourd'hui je vais rencontrer des personnes fabuleuses et vivre des expériences super-intéressantes ! » Avant de bouger, inspirez profondément et soufflez bien à fond une ou deux fois. Ensuite seulement, réveillez-vous : bougez, réveillez vos muscles en commençant par remuer les doigts de pieds et les mains, puis les membres, puis le corps tout entier. Étirez-vous bien dans toutes les directions, roulez sur le côté, à droite puis à gauche, comme un chat qui se réveille, inspirez et soufflez bien à fond encore une ou deux fois et, alors seulement, asseyez-vous et levez-vous. Ce « réveil en douceur » est à utiliser aussi bien le matin après la nuit, qu'après une bonne sieste ou une séance de relaxation. Souvenez-vous bien de la bonne manière de se réveiller et entraînez-vous-y dès votre prochain somme : 1. « Aujourd'hui est formidable ! » 2. Respirer. 3. Bouger les pieds, les mains. 4. S'étirer. 5. Respirer. 6. Debout.

Comment changer sa vie

« Tout le monde veut transformer l'humanité,
mais personne ne cherche à se transformer soi-même. »

Léon Tolstoï

Si nous ne pouvons pas changer tout ce qui nous déplaît autour de nous, il ne tient qu'à nous de changer ce qui nous concerne. « Un homme seul qui veut changer la face du monde [...] peut commencer par se changer lui-même », selon l'expression de David Spangler.

Nous sommes parfaitement libres de changer notre manière de vivre, si nous le désirons. Changer ses habitudes paraît souvent compliqué et impossible. En fait, il y a un truc pour réussir : agir de manière concrète et commencer tout de suite. L'amélioration de vos conditions de vie commence par exemple par votre propre détermination à faire la sieste. La cure de sieste de huit jours qui vous est proposée ci-dessous est une manière simple, concrète, facile à mettre en pratique pour changer sa vie.

La cure de sieste de huit jours

La cure de sieste de huit jours vous permettra de découvrir les merveilles de la sieste. Vous constaterez vraisemblablement après quelques jours une amélioration de votre vitalité, de votre optimisme (voir www.optimi.org.) et probablement aussi une réduction de la durée totale de votre sommeil (durée du sommeil nocturne et de la sieste additionnés, inférieure à la durée qu'avait autrefois votre sommeil nocturne seul, sans sieste).

La durée de huit jours pour cette cure n'a pas été choisie au hasard. Il faut en effet une semaine pour s'adapter à de nouveaux rythmes du sommeil. C'est le temps qu'il faut, par exemple, pour récupérer du décalage horaire après un voyage intercontinental. C'est aussi le temps nécessaire pour constater les bienfaits de la sieste et s'habituer à cette nouvelle répartition du sommeil.

Cette cure peut se pratiquer n'importe où, en période de travail ou de vacances, et elle ne vous impose aucune contrainte. Cette cure s'intègre donc dans vos activités habituelles. Voici comment procéder :

1. Décidez de la durée de votre cure (au moins huit jours).
2. Décidez de la date du début de votre cure et marquez-la sur votre agenda.

3. Décidez de l'heure et du lieu de la sieste quotidienne que vous ferez pendant la cure. Choisissez de préférence le début de l'après-midi, juste après le déjeuner. Si cela vous est impossible, choisissez un moment un peu plus tard dans l'après-midi, ou en fin de matinée ou le soir au retour du travail, avant le repas. Le lieu peut être votre lit, votre bureau, votre voiture, une chaise longue, un hamac, une chaise... Marquez l'heure et le lieu que vous avez choisis sur votre agenda, jour par jour.

4. Déterminez la durée approximative de vos siestes : entre dix et soixante minutes. Prévoyez en principe trente minutes, mais cette durée est élastique en fonction de votre emploi du temps. Un minimum de dix minutes est cependant souhaitable tant que vous ne maîtrisez pas la sieste-flash. Marquez cette durée sur votre agenda. Par exemple : « 14 heures : sieste de vingt minutes dans la voiture » ou : « 18 heures : sieste de quarante minutes au lit en arrivant à la maison, avant le repas ».

5. Prévoyez et notez impérativement votre cure de sieste jour par jour sur votre agenda et faites-le tout de suite. Si vous ne prévoyez pas maintenant la date de votre cure, vous risquez de ne jamais la faire, de la repousser à plus tard jusqu'au moment où vous oublierez. Si vous en réservez dès aujourd'hui la date par écrit, vous êtes certain de faire l'expérience et vous vous en féliciterez par la suite.

6. Faites chaque jour au moins une sieste, comme vous l'avez prévu sur votre agenda.

Cette « cure de sieste » est simple, presque trop simple, mais elle peut changer votre vie ! N'hésitez pas à refaire cette cure de différentes manières en variant les conditions : l'heure, le lieu, la durée et la manière de faire la sieste. Une fois que vous l'aurez expérimentée, la sieste deviendra vite une habitude délicieuse dont vous ne pourrez plus vous passer. Vous constaterez ainsi par vous-même les bienfaits de la sieste et, bientôt, vous ferez son éloge à ma place...

Chapitre 3

La sieste, source de santé

« Pour la plupart des êtres humains,
un temps de pause plus ou moins important
après le repas de midi permet
de redémarrer les activités de l'après-midi
avec plus d'efficacité.
On peut dire que la sieste
paraît bénéfique à tous les âges
de la vie. Grâce à cette pause,
il y aura moins de surexcitation, de stress,
et les conditions d'endormissement
auront toutes les chances d'être meilleures. »

Dr Françoise DELORMAS[1]

Nous allons voir dans ce chapitre que la sieste n'est pas seulement source de bien-être, mais aussi de santé. Cela est important aussi bien pour des sujets sains, qui préviendront l'apparition de nombreuses maladies et conserveront longtemps une santé solide, que pour les malades, qui récupéreront plus vite et retrouveront grâce à la sieste l'optimisme et la joie de vivre qui sont la condition de base de toute guérison.

---

1. « Le sommeil, mode d'emploi », *Revue de Santé,* n° 3, 1990.

Stress et mauvaise santé sont la rançon du progrès

Grâce au progrès technique et scientifique, nous disposons d'outils formidables qui nous ont permis d'atteindre un niveau de vie et un style de vie sans précédent dans l'histoire : nous avons des automobiles pour nous déplacer, le téléphone pour communiquer, la télévision pour informer, les ordinateurs pour travailler, Internet pour s'informer... Malheureusement, en contraste avec ce tableau idyllique d'une société moderne performante, l'homme d'aujourd'hui se détruit par un mode de vie inadéquat : alimentation artificielle, consommation de cigarettes, de drogues et non-respect des rythmes biologiques. Le stress et la plupart des maladies dont nous souffrons aujourd'hui, notamment les maladies de dégénérescence, sont la conséquence directe de ces changements environnementaux. Imaginez un animal, une gazelle par exemple, qui, au lieu de vivre dans la nature et de brouter de l'herbe, vivrait entre quatre murs de béton sans voir le soleil, se nourrirait de pain beurré ou de Big Mac et fumerait un paquet de cigarettes par jour. La pauvre gazelle serait sans doute bien mal en point ! Il est même vraisemblable qu'elle ne survivrait pas longtemps. Comprenez-vous mieux maintenant l'erreur que commet l'homme en vivant ainsi ? Nos ancêtres ont vécu au contact de la nature pendant des millions d'années. C'est la vie dans les grandes cités qui, petit à petit, a fait dériver nos habitudes vers l'artifice.

Ce phénomène n'est pas nouveau. Montaigne disait déjà en son temps : « Nous avons abandonné la nature et lui voulons apprendre sa leçon, elle qui nous menait si heureusement et si sûrement. » Rousseau avait soulevé ce problème également et nous proposait comme solution de retrouver ce « gentil sauvage » qui habite en chacun de nous. Cette très vieille question de l'éloignement par rapport à notre milieu d'origine (cela fait plusieurs dizaines de milliers d'années que l'homme a quitté les forêts pour vivre dans des villages puis dans les villes) se pose cependant avec encore plus d'acuité ces dernières années, en raison de l'accélération du progrès technique.

Le sommeil, autrefois nécessaire pour reprendre des forces et faire face aux prédateurs, ne suffit même plus, aujourd'hui, pour se déstresser. Pourtant, les félins et prédateurs de la forêt ne nous menacent guère et nous sommes dans des conditions de vie beaucoup plus favorables que si nous vivions dans la forêt. Selon l'expression du président américain Franklin Roosevelt, « la seule chose que nous devions craindre aujourd'hui, c'est la crainte elle-même ». Mais cette crainte a pris des proportions gigantesques, elle tend à s'amplifier et terrorise des populations entières. Débarrassés des tigres et des chacals, nous devons faire face à d'autres prédateurs, non moins redoutables, qui portent des noms différents : stress, insomnie, angoisse, dépression nerveuse...

L'homme moderne ne sait plus dormir

« Nous avançons aujourd'hui sur la route du temps
au hasard du progrès de la technologie,
sans aucun égard pour les besoins élémentaires
de notre corps et de notre âme. »

Alexis CARREL

Peu de personnes ont aujourd'hui la chance de garder toute leur vie un sommeil vraiment naturel, sain et réparateur, ce que l'on pourrait appeler le « sommeil du juste » ou le « sommeil champion ». Parmi le lot majoritaire des « handicapés du sommeil », on peut distinguer deux groupes. Il y a d'une part le groupe de ceux qui dorment trop, n'arrivent pas à se réveiller le matin, sont perpétuellement fatigués, et qui souvent ne peuvent vivre qu'avec le renfort d'excitants, du café, de cigarettes ou de médicaments. Et, à l'inverse, on trouve ceux qui ont un mal fou à trouver le sommeil et qui se dirigent vers les somnifères. Dans les deux cas, la machine est déréglée. Un Européen sur cinq se *« shoote »* ainsi aux somnifères tous les soirs.

Dans tous les pays développés, les insomnies et troubles du sommeil sont parmi les maladies les plus répandues. Plusieurs dizaines de millions d'Européens et aux moins autant d'Américains et d'Asiatiques dorment mal et souffrent d'insomnie. Au total, une personne sur quatre serait insomniaque et ce chiffre est évalué à une personne sur deux dans les grandes villes comme New York, Paris ou Tokyo. Il en va de même dans tous les pays développés.

Les deux premières causes de consultation médicale sont d'ailleurs l'insomnie et les problèmes nerveux : « Docteur, je n'arrive plus à trouver le sommeil, donnez-moi quelque chose » ou « Docteur, je suis fatigué, je n'en peux plus, j'ai les nerfs à fleur de peau, il me faut des tranquillisants ». Combien d'économies ferions-nous si toutes ces consultations n'avaient plus de raison d'être ? Des milliards d'euros et de dollars pourraient être économisés dans tous les pays. Il serait bien plus intelligent de payer les médecins et les laboratoires pour enseigner la santé plutôt que de les payer pour fabriquer et prescrire des médicaments : ils pourraient donner au public des cours de sommeil, de sieste, de nutrition et de vie saine. Les médicaments ne seraient presque plus nécessaires. Notre santé en serait grandement améliorée et notre productivité au niveau national également.

Aux États-Unis, en Europe, en Asie et partout dans le monde développé, on ne sait plus bien dormir. Il est vital que nous réapprenions à dormir et à équilibrer notre sommeil ! Dans un monde survolté, il devient indispensable de s'isoler pour prendre du recul, de savoir se relaxer en quelques minutes, de savoir organiser sa journée pour travailler plus et mieux. En un mot, il devient indispensable de réapprendre la sieste et l'organisation du travail et de sa vie ! L'absence de sieste dans le monde occidental est une erreur biologique, un crime contre nature qui est en partie responsable de l'état de détresse du sommeil que nous constatons dans notre civilisation.

Un bon sommeil vaut plus que tout l'or du monde

« La tranquillité et le repos sont des biens que les plus puissants rois de la Terre ne peuvent donner à ceux qui ne savent les prendre d'eux-mêmes. »

René DESCARTES

La santé est le bien le plus précieux dont nous disposions. Le sommeil en fait partie. Tout le reste est secondaire. Un bon sommeil est irremplaçable. Ceux qui l'ont perdu sont souvent prêts à tous les sacrifices et même à dépenser toute leur fortune pour le retrouver.

Voici un étrange paradoxe, presque ridicule mais pourtant bien réel : la plupart des hommes aujourd'hui passent la première moitié de leur vie à ruiner leur santé pour gagner de l'argent et la deuxième moitié à dépenser leur argent pour essayer de retrouver la santé. Est-il possible d'échapper à ce schéma ? Je le pense et ce livre contribuera à vous l'apprendre.

Lors d'un sondage à l'occasion d'une émission de télévision consacrée au stress, 82 % des personnes ayant participé à l'enquête ont déclaré être trop stressées. Le stress, le sommeil, la déprime, ces maladies du siècle ne sont pas inéluctables, mais le résultat de nos comportements. Il est parfaitement possible de vivre mieux tout en restant dans le monde moderne, bien intégré dans la société, en continuant à travailler dans la même entreprise, à vivre dans la même famille et à habiter la même ville. La vraie révolution, celle qui peut générer la santé et le bonheur, c'est en nous qu'il faut la faire : changez votre sommeil, surveillez votre alimentation... et vous en récolterez les fruits. La sieste est un maillon de cette mini-révolution que nous pouvons opérer pour mieux résister au stress et au manque de sommeil, comme le montre cet extrait d'un article scientifique de Carskadon et Dement du *Stanford University Sleep Research Center* :

« Le sommeil et la tendance à l'endormissement en cours de journée ont été étudiés chez des sujets adultes afin de déterminer si les effets dus au manque de sommeil nocturne sont cumulatifs dans le temps [...]. Les sujets étaient soumis pendant sept jours à un sommeil restreint de cinq heures [...]. La tendance à l'endormissement était mesurée par deux méthodes d'auto-évaluation et par la méthode du *« multiple sleep latency test »* [...]. Une sieste d'une heure dans la journée a suffi pour effacer les effets du manque de sommeil cumulé. »

Les somnifères : une fausse solution aux problèmes de sommeil

« Ni le pavot, ni la mandragore,
ni tous les sirops narcotiques du monde
ne te rendront jamais ce doux sommeil que tu avais hier. »

William SHAKESPEARE (*Othello,* acte III, scène III)

Beaucoup de personnes ont recours aux somnifères lorsqu'elles dorment mal. Barbituriques, hypnotiques, benzodiazépines... sont des médicaments actifs, efficaces, faciles à utiliser, mais qui comportent des effets secondaires[1]. La solution la plus facile n'est en l'occurrence pas forcément la meilleure. Ces médicaments ne doivent pas être pris à la légère, mais en principe uniquement sur prescription médicale et pour une durée limitée. En effet, leur consommation de manière prolongée induit un phénomène d'accoutumance : comme pour le tabac et les drogues dures, il devient difficile, voire impossible, de s'en passer. Déjà en 1974, plus de trente millions d'Américains étaient dépendants, à des degrés divers, de médicaments pour dormir, et en particulier des barbituriques[2] et la situation ne s'est pas arrangée depuis.

Il en va de même en Europe et dans tous les pays développés. Notre mode de vie engendre des troubles du sommeil et, comme solution à ceux-ci, les laboratoires tentent de mettre au point des médicaments.

Malheureusement, nous ne cherchons pas la solution au bon endroit, car les somnifères n'engendrent pas un som-

---

1. Lucien COLONNA et Daniel GINESTET, « Les troubles du sommeil et leurs traitements », Laboratoires Wieth-Byla, 1974.

2. W. DEMENT et C. GUILLEMINAULT, « Les troubles du sommeil », *La Recherche,* 1974, p. 42, 120-129.

meil naturel, mais agissent au contraire en modifiant le déroulement spontané des stades du sommeil[1].

En 1956, on crut avoir trouvé un somnifère idéal : la thalidomide, qui n'avait pas les inconvénients habituels des barbituriques. Ce nouveau médicament avait notamment le grand avantage de ne pas causer d'intoxication grave en cas d'ingestion d'une dose trop importante. Hélas, cinq ans plus tard, on se rendit compte que les enfants de dix mille femmes qui avaient pris ce médicament miracle pendant leur grossesse étaient nés sans bras ni jambes. La thalidomide a évidemment été rapidement supprimée des rayons des pharmacies, mais cette petite histoire montre que nous ne sommes pas assez méfiants face aux médicaments. Même pour ceux qui sont couramment prescrits aujourd'hui, on ne sait pas grand-chose des effets à long terme ou des effets cumulés avec d'autres médicaments, avec le café, l'alcool, le tabac. Les effets secondaires immédiats et connus sont pourtant souvent significatifs, sans compter les effets constatés à plus long terme, mais les médecins continuent à prescrire des solutions miracles plutôt que d'apprendre aux gens à vivre de manière plus conforme aux lois de la nature. C'est plus facile... Et nous ne pouvons en rejeter la faute ni sur les médecins, ni sur l'industrie pharmaceutique, car ceux-ci ne font que répondre à une demande : c'est souvent le patient lui-même, ou son employeur, qui exigent un traitement rapide. Il est pourtant clair que la seule solution entièrement satisfaisante est au niveau de la prévention et d'un changement des comportements individuels.

La sieste est un moyen peu connu, peu utilisé, mais très efficace pour régulariser les rythmes biologiques et réparer les insomnies et troubles du sommeil. Elle est utilisée avec

---

1. Alexandre Borbély, *Les secrets du sommeil,* éd. Belfond, 1985.

succès, par exemple, pour traiter la narcolepsie, maladie se caractérisant par des accès irrésistibles de sommeil à plusieurs reprises dans la journée.

Comment vaincre l'insomnie grâce à la sieste

« Un homme qui dort
tient en cercle autour de lui
le fil des heures et l'ordre des années. »

Marcel PROUST

La sieste peut aider ceux dont le sommeil est perturbé ou qui sont devenus dépendants des somnifères. Voici comment procéder pour retrouver un sommeil sain et réparateur dans la plupart des cas, même très anciens, de troubles du sommeil :

1. *Dix minutes de sieste par jour :* régularisez vos rythmes biologiques en vous imposant dix minutes de repos en cours de journée. Même sans dormir, allongez-vous, fermez les yeux et détendez-vous. La relaxation ainsi obtenue favorise indirectement le sommeil de la nuit suivante pour au moins deux raisons : cela normalise les rythmes biologiques et, d'autre part, cela évite l'accumulation de la fatigue et de la nervosité. Si vous êtes trop nerveux le soir, faute de vous être reposé dans la journée, c'est, paradoxalement, le surcroît de nervosité et de fatigue qui empêche la venue du sommeil.

2. *Supprimer tous les excitants : tabac, café, thé.* Assez curieusement, il est plus facile de les arrêter tous en même temps, d'un seul coup, que d'en supprimer ou diminuer un seul. La difficulté du sevrage n'est pas proportionnelle au nombre des excitants concernés : plus vous vous rapprochez de la nature, plus ce sera facile.

3. *Chaque jour un peu d'exercice physique :* ne serait-ce que quinze minutes de marche à pied, de gymnastique, de footing ou de yoga.

4. *Apprendre à respirer :* respirer profondément au moins trois ou quatre fois par jour, et en particulier au lit avant de vous endormir et le matin en vous réveillant.

5. *Autosuggestion :* savoir et se répéter sans cesse, avec enthousiasme et de manière positive, que le sommeil naturel est agréable et qu'il vient spontanément et facilement.

6. *Manger mieux :* éviter les repas lourds, dont la digestion perturbe le sommeil. Manger davantage de fruits et de légumes crus, riches en vitamines, à tous les repas. Consommer le plus possible d'aliments sous leur forme naturelle, c'est-à-dire crus, y compris la viande et le poisson. En mangeant des aliments artificiels, trop transformés, avec des sauces grasses, trop épicés et en trop grande quantité, vous introduisez dans votre organisme un grand nombre de molécules non naturelles, dont certaines sont neuroactives et perturbent la durée et la qualité du sommeil.

Deux types d'aliments peuvent particulièrement modifier le sommeil et les fonctions neurologiques, aussi bien chez l'enfant que l'adulte : le lait de vache et le blé[1]. Bien que cela puisse paraître surprenant, la consommation de ces aliments n'est pas naturelle pour l'homme : aucun primate dans la nature ne boit le lait d'une autre espèce animale, ni ne fait cuire son pain. Les protéines du lait de vache et les protéines du pain sont des protéines étrangères à notre espèce et peuvent causer des allergies ou perturber le sommeil. Éventuellement, chacun pourra procéder à l'expérience suivante, pour déterminer si le lait et le pain

---

1. F.C. DOHAN, « Schizophrenia and neuro-active peptides from food », *The Lancet,* 12 mai 1979.

lui conviennent ou non : supprimer totalement pendant un mois le lait de vache ou le blé, ainsi que tous leurs dérivés (fromages, yaourts, crème, beurre pour le lait ; pain, pâtes, farines, gâteaux, biscuits pour le blé) de son alimentation. Il est fréquent que cela suffise à améliorer la qualité du sommeil. Puis, le trente et unième jour, faire un petit déjeuner de pain et/ou de produits laitiers pour constater les réactions éventuelles de l'organisme à la réintroduction de ces aliments. Le lait de vache et le blé sont d'autant plus suspects que l'on en mange régulièrement et qu'on est persuadé de leur innocuité : l'expérience montre en effet que les plats ou aliments cuisinés préférés, qui sont le plus souvent consommés, sont généralement ceux qui ont induit les troubles dont on souffre, ce qui explique d'ailleurs en partie le caractère chronique et récidivant de ces troubles tant que l'alimentation n'a pas été corrigée.

7. *Il est très utile de rester allongé sans dormir.* Même si le sommeil ne vient pas tout de suite, cela fait toujours du bien de rester allongé et de s'imaginer que l'on dort en visualisant la détente à l'intérieur de son corps. Cette relaxation repose presque autant qu'un vrai sommeil !

8. *Se débarrasser le plus vite possible des médicaments du système nerveux (tranquillisants, somnifères, antidépresseurs,benzodiazépines,euphorisants...) :* ces médicaments ne remplacent pas un sommeil naturel, ils l'altèrent. Ils ne doivent pas être utilisés de manière prolongée sans avis médical. Si tel est votre cas, il faut donc agir en sorte de vous en débarrasser. Un sevrage brutal peut parfois être dangereux et risque d'entraîner un état de manque. Consultez donc votre médecin pour connaître la conduite à suivre et appliquez scrupuleusement les conseils qu'il vous donnera. En général, une diminution progressive des doses sur plusieurs semaines donne de bons résultats, en passant par exemple de quatre cachets à trois la première semaine, puis de trois à deux la deuxième, puis un seul

cachet la troisième semaine, jusqu'au sevrage complet. Au lieu de dire à votre médecin : « Docteur, je veux un médicament pour dormir », changez de discours et dites-lui maintenant : « Docteur, j'ai décidé de me débarrasser des somnifères, comment dois-je m'y prendre pour ne plus en avoir besoin, vaut-il mieux les arrêter brusquement ou progressivement ? »

Café et cigarette : l'art de brûler les feux rouges

Autrefois, j'adorais boire une tasse de café bien chaud, en y trempant quelques carrés de chocolat noir qui prenait un goût délicieux en fondant. Pendant plusieurs années, cette habitude n'était qu'occasionnelle. Puis, en 1978, quand je préparais mes examens à l'âge de 17 ans, le stress des concours m'a amené à augmenter considérablement la fréquence de cet exercice délicieux. J'en suis arrivé bientôt à boire une dizaine de tasses de café avec une grosse tablette de chocolat noir par jour : c'était un peu excessif, mais c'était devenu une habitude et je ne pouvais plus m'en passer. En même temps, mon sommeil se dégradait et je devenais de plus en plus nerveux. Tout semblait se dérégler et, au bout de quelques mois, les résultats scolaires devenaient moins bons. J'ai alors réagi vigoureusement en supprimant totalement le café de ma vie : cela a été un sacrifice important car, étant gourmand, j'adorais le café, surtout bien sucré et avec du chocolat noir… Les résultats ont largement compensé ce sacrifice ; en quelques jours, tout est rapidement rentré dans l'ordre : les idées sont redevenues plus claires, le cerveau plus performant et les notes aux examens ont remonté. Je ne bois évidemment plus de café depuis cet épisode et m'en trouve beaucoup mieux. Cette erreur que j'avais commise avec le café est un piège dans lequel nous tombons presque tous, soit avec le café, soit avec la cigarette, le chocolat ou d'autres excitants : penser que lorsqu'on est un peu nerveux ou fatigué, tout rentrera dans l'ordre avec un petit remontant, c'est si facile que nous aimons y croire. Malheureusement, la caféine du café, la nicotine des cigarettes et la théobromine du cacao agissent comme des drogues en produisant un faux bien-être au prix d'une dépendance et de l'accoutumance (nécessité d'augmenter les doses pour obtenir toujours le même effet). De plus, si l'attention se relâche, si la fatigue survient, c'est parce que l'organisme demande du repos. C'est un signal qui nous est donné, un feu rouge par rapport à l'action.

Dans la nature, la réaction normale serait de se reposer quelques minutes : très peu de temps suffit pour récupérer dans la plupart des cas. Prendre un café ou un excitant alors qu'on est fatigué revient à griller un feu rouge vis-à-vis de notre santé : pas étonnant qu'il faille en payer le prix par la suite et que cela détraque en quelques mois (ou davantage suivant les cas) nos rythmes biologiques !

Comme nous le disions précédemment, répétons-le parce que c'est important, l'instinct du sommeil n'existe pas pour rien. Forcer son organisme à l'action en prenant un café ou une cigarette quand on est fatigué est nocif et prépare des lendemains difficiles. Ces comportements contre nature sont pourtant si répandus qu'ils en arrivent même à être organisés : on trouve des distributeurs de café et de barres de chocolat dans toutes les entreprises et toutes les universités. La « pause-café » est même devenue une tradition. Ne devrait-on pas plutôt parler de « pause-repos » ou « pause-sieste » ou « pause-respiration » ou « pause-verre d'eau » ou « pause-fruit » ?

Continuer à travailler par le truchement d'excitants quand on est fatigué est très désagréable sur le plan psychologique. En effet, outre qu'on n'est plus alors en harmonie totale avec son travail (nous préférerions, ne serait-ce qu'inconsciemment, dormir, et le travail effectué ne sera donc pas de la meilleure qualité), nous avons vu que le refoulement des pulsions de sommeil construisait, à la longue, une « névrose du sommeil » qui peut se traduire par des troubles psychologiques et comportementaux. Et, de plus, refuser de dormir quand nous en avons besoin est aussi très dangereux pour la santé, car les processus métaboliques et psychologiques de récupération liés au sommeil ne peuvent plus s'effectuer normalement. Café, cigarettes et excitants constituent donc un piège redoutable. Il est largement préférable soit de ne pas tomber dans un tel piège, soit de s'en libérer au plus vite, à la fois pour des raisons de santé, des raisons psychologiques, des raisons d'efficacité et surtout pour une meilleure qualité de la vie.

La sieste diminue le risque d'accident cardiovasculaire

Les maladies cardiovasculaires sont actuellement la première cause de mortalité dans les pays développés : ces maladies tuent beaucoup plus que le cancer et le sida ! Environ une personne sur deux meurt prématurément d'une maladie cardiovasculaire. Les facteurs de risque d'accidents cardiovasculaires sont maintenant bien connus : une alimentation trop artificielle, le tabac, mais aussi le stress. Comme celui-ci est en partie la conséquence d'une mauvaise gestion des rythmes biologiques, on peut logiquement se demander dans quelle mesure la sieste, en régularisant nos rythmes biologiques, diminue le risque d'accident cardiovasculaire. C'est en effet le cas et cela a été prouvé récemment en Grèce par des chercheurs de l'hôpital d'Athènes. Ceux-ci ont démontré que la sieste est un facteur de protection contre les maladies cardiovasculaires (Trichopoulos, 1987) et leurs résultats précisent qu'une sieste d'une demi-heure chaque jour diminue de presque 30 % le risque d'accident cardiovasculaire, tous les autres facteurs de risque (tabagisme...) étant égaux par ailleurs. Selon cette étude, la probabilité de faire un infarctus est d'autant plus faible que la durée de la sieste est plus longue.

La sieste et l'amour

Quel rapport peut-il bien y avoir entre le sommeil et l'amour ? C'est très simple. Les trois principaux instincts : l'instinct du sommeil, l'instinct sexuel et l'instinct alimentaire ne sont pas totalement indépendants les uns des autres, mais liés. En effet, c'est la même région du cerveau, l'hypothalamus, qui contrôle ces trois fonctions. C'est pourquoi, tout déséquilibre dans un domaine tend à se répercuter sur les deux autres. Par exemple, il est bien connu qu'un manque prolongé de sommeil peut déboucher tôt ou tard sur l'impuissance sexuelle, l'anorexie ou la boulimie. Autre exemple : le dérèglement des rythmes du sommeil diminue notre état de santé général et ne peut être que nocif pour la qualité de notre vie amoureuse. Pour mieux manger et mieux vivre l'amour, commençons donc par équilibrer notre sommeil et faire la sieste ! Et inversement : mangeons mieux et, automatiquement, notre sommeil aura tendance à se normaliser et notre vie amoureuse sera plus satisfaisante.

Nous avons vu qu'il est bénéfique, dans une certaine mesure, de ne pas dormir seulement la nuit, mais aussi le jour. De la même manière, il n'y a aucune raison de confiner la tendresse à la soirée et à la nuit. La sieste en amoureux peut se révéler très agréable. Dans une société où l'amour et la qualité des rapports humains sont trop souvent laissés de côté, la sieste est un moment qui se prête à merveille à quelques échanges de tendresse. Les hormones sécrétées au cours d'un échange amoureux auraient même, paraît-il, un effet antistress non négligeable... Un peu d'amour, de tendresse ou simplement un massage, voilà qui se marie parfaitement avec la sieste.

Les idées fausses sur le sommeil

Le sommeil est l'un des piliers de la santé. Mais il serait complètement faux d'affirmer que plus on dort, meilleure sera la santé. Cela serait aussi stupide que de croire qu'il suffit de manger beaucoup pour être très musclé. Une nourriture saine ne consiste pas à manger beaucoup, mais à manger des aliments de bonne qualité, dans les proportions adéquates, au moment où le corps en a besoin. De même, plus que la durée du sommeil, ce qui importe surtout c'est sa qualité, sa répartition dans le temps, et le fait de dormir au moment où le corps en a besoin.

Pendant longtemps, les chercheurs ont cru que le sommeil nocturne est plus réparateur qu'une sieste, parce qu'il est plus profond et ponctué de phases de rêve. En fait, il n'en est rien : les enregistrements d'électroencéphalogrammes montrent que la sieste permet aussi d'accéder au sommeil profond, et les phases de rêve ou de sommeil paradoxal pendant la sieste sont similaires à celles que l'on observe la nuit. On peut donc rêver, si la sieste est suffisamment longue, aussi bien le jour que la nuit[1].

1. D'après David J. KUPFER et collaborateurs, université de Pittsburgh, États-Unis.

On pense parfois qu'il existe des sujets prédisposés à la pratique de la sieste, tandis que celle-ci serait inutile pour d'autres. C'est faux. Il est vrai que la consommation d'excitants et un mode de vie artificiel perturbent les rythmes au point que l'on peut croire ne plus avoir besoin de sieste. Mais, placés dans des conditions naturelles, tous les hommes feraient la sieste, comme c'est le cas en général sous les tropiques, et comme le font d'ailleurs spontanément la plupart des animaux et en particulier ceux qui sont les plus proches de l'homme sur le plan de l'évolution des espèces : grands singes, primates, mammifères...

Il n'est pas forcément besoin d'avoir une grande maison à la campagne, ni un matelas très onéreux, pour avoir un bon sommeil : il faut surtout savoir dormir et ne pas maltraiter ses rythmes, c'est-à-dire dormir au bon moment.

Beaucoup de personnes s'imaginent qu'elles ne peuvent rien faire pour leur santé, que la maladie est une fatalité programmée contre laquelle on ne peut rien. C'est tout à fait inexact : la santé et la maladie résultent un peu de notre hérédité mais principalement de la manière dont nous vivons. Alors beaucoup objectent : « C'est vrai, mais vous comprenez, avec le travail, le métro... que voulez-vous que je fasse ? » Le travail, la famille, les examens, la ville, les transports, la malchance : cessons de chercher des excuses qui ne servent qu'à justifier nos erreurs. Les deux plus importants facteurs de santé sont la nutrition et le sommeil et, ceux-là, il ne tient qu'à nous de les entretenir au mieux. Si nous ne le faisons pas, nous ne pourrons nous en prendre qu'à nous-mêmes.

La sieste est indispensable

« Il n'y a pas de douleur que le sommeil ne sache vaincre. »

Honoré DE BALZAC

Découvrir la sieste, c'est se redécouvrir soi-même et renaître à la vie. La sieste est toujours utile, mais elle est d'autant plus indispensable que l'on s'est plus écarté des conditions naturelles de vie par le stress, la vie citadine, une surcharge de travail, une alimentation trop artificielle… Parce qu'il fume, mange des aliments trop transformés et ne sait plus se reposer, l'homme moderne est malheureux et souvent malade. Dans un monde où tout est devenu artificiel, il nous faut réapprendre les choses élémentaires telles que faire la sieste.

L'espèce humaine s'est tellement éloignée de son milieu d'origine qu'elle ne sait plus faire les choses simples et nécessaires à son bonheur : manger ce qui se trouve dans la nature, faire la sieste… Poussé à bout, l'homme ne sait même plus quand et comment dormir. Son comportement ne lui est plus dicté par son instinct, mais par la mode, par la télévision, par ses amis… Ainsi dépersonnalisé, il est devenu comme un pantin désarticulé et ne satisfait plus ses besoins fondamentaux. Il est alors très malheureux. Le soir, quand il se met au lit, l'homme moyen est un véritable sac de problèmes. Il ne sait plus d'où il vient, ni où il va.

La sieste comparée aux autres méthodes de prévention

Qu'est-ce qui est le plus agréable : faire la sieste ou changer son régime alimentaire ? Chacun conviendra que le farniente de la sieste est plus plaisant à mettre en application. Il est aussi plus aisé de faire la sieste que d'arrêter de fumer. La sieste, parmi les moyens de santé, est donc certainement l'un des plus agréables à mettre en œuvre.

Un homme peut vivre jusqu'à quarante jours sans manger, mais il ne peut pas vivre quarante jours sans sommeil. Dormir importe donc autant, sinon plus, pour notre santé que manger. Des expériences en laboratoire ont montré qu'un homme totalement privé de sommeil devient fou en moins d'une semaine. Bien qu'il s'agisse d'aspects différents et que les deux méritent notre attention, on peut donc dire qu'un bon sommeil est sans doute encore plus important qu'une alimentation saine. Il existe de nombreux livres de cuisine et cours de diététique. On trouve même une diététicienne dans chaque hôpital. Où sont les cours pour apprendre à bien dormir ? À quand les cours de sieste en milieu hospitalier (on y enseigne déjà la relaxation et la sophrologie) et cette nouvelle spécialité médicale : la siestologie ? Je pose dès aujourd'hui ma candidature pour diriger les séances de travaux pratiques et donner l'exemple dans le créneau horaire de 13 heures à 14 heures…

Réduire son temps de sommeil : c'est possible

« Le mythe des huit heures de sommeil par nuit est absurde… ce n'est pas la quantité de sommeil qui importe, mais sa qualité. »

Pr Daniel Courtz,
directeur de l'Unité du sommeil à Strasbourg

La privation totale de sommeil mène rapidement à la folie et à la mort. Cependant, une réduction du temps de sommeil est parfaitement possible, dans une certaine mesure, à condition de répartir ce sommeil convenablement en le fractionnant. Certains navigateurs solitaires ne dorment que par tranches d'une quinzaine de minutes. La règle des huit heures de sommeil par jour est une vieille idée périmée à laquelle il faut tordre le cou. Réduire son temps de sommeil nocturne jusqu'à cinq heures est envisageable pour tous les adultes, à condition de faire, en suivant l'exemple du Premier ministre anglais Winston Churchill et du président Jacques Chirac une ou deux siestes au cours de la journée.

Nous n'apprenons pas à dormir, ni à gérer nos activités. Nous vivons dans un environnement qui ne nous convient plus qu'à moitié, où les pièges sont nombreux. Résultat : seuls les plus malins s'en sortent. Les autres tombent dans le piège des excitants et nombreux sont ceux qui sombrent un jour ou l'autre dans la déprime et le stress.

Psychothérapie, psychanalyse, tranquillisants, somnifères... partout on nous propose le bonheur et la tranquillité en échange du contenu de notre portefeuille. Ces thérapies ont leur raison d'être, mais aussi leurs limites. N'est-ce pas déjà une erreur que d'espérer pouvoir acheter la santé et le bonheur ?

La solution aux grandes questions métaphysiques, nous ne pouvons la trouver qu'en nous et, de même, la véritable santé est totalement gratuite : tout se joue au niveau de la prévention et du mode de vie. La sieste est une méthode de prévention et de santé dont le coût est, pour l'instant, nul. Est-ce pour cela que personne n'en parle ? Il est évidemment impossible de financer une campagne de publicité pour un traitement qui ne peut pas se vendre ! Espérons que le droit de dormir reste longtemps gratuit. Dans notre société où tout se réglemente et se paie : le droit de passer, le droit de manger, le droit d'uriner, faudra-t-il bientôt payer pour faire la sieste ? Peut-être un jour un petit malin inventera-t-il et commercialisera-t-il la siestothérapie (l'hypnothérapie et les cures de sommeil existent déjà bel et bien !). En fait, la solution au stress, à la déprime et aux troubles du sommeil se situe ailleurs que dans les excitants et les médicaments : en soi.

La sieste : un remède universel

Un bon sommeil et l'usage régulier de la sieste améliorent l'état général et sont source de santé, de beauté et de longévité. Taub, un chercheur anglo-saxon, a montré que la sieste améliore aussi la mémoire, la coordination psychomotrice et la sensation de bien-être. Il a également étudié les effets de la sieste chez les étudiants et a pu établir que la sieste améliorait leur état d'esprit et leurs résultats aux examens, ce que j'avais constaté lorsque je préparais les concours des grandes écoles : on travaille mieux après quelques minutes de relaxation qu'avec une tasse de café.

Un sommeil de mauvaise qualité, le manque de repos et des habitudes de vie néfastes favorisent aussi la dépression, l'hypertension, la fatigue, le vieillissement précoce, l'impuissance, le ramollissement intellectuel et de nombreux autres troubles de santé.

La sieste rend aimable, augmente la santé et donne une meilleure mémoire. Elle accroît le rendement au travail et la sensation de bonheur. La sieste améliore encore l'humeur et ceci de manière aussi efficace chez les sujets qui la pratiquent habituellement, que chez ceux qui ne la font que rarement. Débutants et champions sont donc égaux devant la sieste dans la mesure où celle-ci profite même aux « débutants de la sieste »[1].

La sieste est donc un remède (presque !) universel.

Une journée sans sieste est comme une journée sans soleil !

---

1. D'après Suzanne R. Daiss et collaborateurs, Texas A&M University.

Chapitre 4

La sieste, source de créativité

« Le futur m'intéresse,
car c'est là que j'ai l'intention
de passer mes prochaines années. »
Graffiti sur les murs du campus américain de Berkeley

La sieste libère notre génie intérieur

« C'est une route à élire
dans un pays de toutes parts inconnu
où chacun fait "sa" découverte. »
André GIDE

Selon le professeur William James, un grand psychologue de l'université de Harvard, « nous n'utilisons qu'une petite partie de nos ressources mentales et physiques. L'être humain vit bien en deçà de ses limites. Il possède des pouvoirs de toutes sortes qu'il oublie d'utiliser ». Les Grecs le disaient déjà également : « Plus est en nous », sentence inscrite sur le fronton du temple de Delphes. Nous sommes bien plus géniaux que nous ne le croyons ! Mais comment laisser s'exprimer ce génie qui se cache au plus profond de notre personnalité ?

Dans la journée, l'activité du cerveau est plutôt ancrée dans la réalité, dans ce qui se passe autour de nous. Au contraire, au cours du sommeil, l'imagination vagabonde, ce qui, pour celui qui sait l'exploiter, est une source de créativité extraordinaire. En effet, pendant le sommeil ou la sieste, notre esprit se libère des contraintes habituelles. Au lieu de traiter les informations qui viennent de l'extérieur par les organes des sens tels que les yeux et les oreilles, le cerveau effectue un travail de remaniement intérieur. De ce travail émergent des idées nouvelles, des rêves, des songes.

La mythologie de toutes les époques abonde en exemples qui illustrent le potentiel de créativité immense de notre imagination au cours du sommeil. C'est ainsi, par exemple, que Dieu aurait, d'après le texte biblique de la Genèse, créé Ève, la première femme, à partir d'une côte prélevée sur Adam pendant son sommeil.

Pour Freud, les rêves expriment ce que nous désirons, mais que nous ne pouvons pas obtenir dans la réalité, que nous vivons par compensation en fantasme, en rêve ou en songe. L'imagination nous permet ainsi de nous affranchir des contraintes de la vie courante. Le sommeil aurait alors pour fonction d'apaiser nos tensions et de nous aider à mieux supporter les tracas quotidiens. Le sommeil, et de même la sieste permettent de libérer l'esprit, de voyager hors du temps, sans contrainte aucune. Dans cet espace intérieur, tout est possible.

La Fontaine, ce grand rêveur du XVIIe siècle, l'exprime ainsi : « Chacun songe en s'assoupissant. Il n'est rien de plus doux : une flatteuse erreur emporte alors nos âmes ; tout le bien du monde est à nous, tous les honneurs, toutes les femmes. » Tout ce que nous ne pouvons posséder ou faire dans la réalité, nous le pouvons en imagination ou en rêve.

De même, toutes les idées auxquelles nous ne penserions pas par une approche logique dans la journée peuvent venir à l'esprit pendant la sieste. Car pendant l'état de songe, de sieste ou de sommeil, le cerveau fonctionne différemment, l'imagination ne connaît pas les limitations de la vie courante, l'esprit n'est plus prisonnier des mêmes schémas de pensée, l'inconscient n'est plus soumis à la censure. Nous pouvons alors trouver des solutions originales et inattendues à nos problèmes. C'est ce que suggère d'ailleurs le très vieux dicton : « La nuit porte conseil. »

Les siesteurs célèbres

Tout le monde connaît celui qui est sans doute le siesteur le plus célèbre de l'histoire : Newton, qui, faisant tranquillement la sieste sous un arbre, aurait été brutalement tiré de son sommeil par la chute d'une pomme sur sa tête, ce qui lui aurait, dit-on, permis de découvrir les lois de la gravitation universelle. Napoléon Bonaparte, Thomas Edison, Victor Hugo, Kékulé, Benjamin Franklin et bien d'autres grands de ce monde étaient des adeptes inconditionnels de la sieste. Ils dormaient peu, environ cinq heures par nuit, et même moins dans certains cas, mais n'hésitaient pas à « piquer un petit roupillon » au cours de la journée.

L'assoupissement d'Archimède dans sa baignoire est devenu légendaire. Cela lui a valu de découvrir le fameux principe qui porte son nom, selon lequel tout corps immergé subit une force verticale ascendante égale au poids du volume d'eau déplacé. Lorsqu'il y a pensé, Archimède faisait la sieste... dans sa baignoire ! Le même Archimède est aussi l'inventeur du principe du levier qui permet de démultiplier une force : encore au cours d'un assoupissement, il s'est vu soulevant la terre avec un levier.

Les siestes de Napoléon sont, elles aussi, restées célèbres. Le grand homme, qui dormait très peu la nuit, n'aurait pour rien au monde sacrifié sa sieste, qui lui donnait une énergie sans pareille pour diriger son armée et construire son empire. Napoléon se couchait entre 22 heures et minuit, dormait jusqu'à 2 heures du matin, se levait pour travailler jusqu'à 5 heures, puis se recouchait encore deux heures pour se lever à 7 heures. Il ne dormait donc que quatre à six heures maximum par nuit, mais il faisait la sieste tous les après-midi. Il disait : « Je fais mes plans avec les rêves de mes soldats endormis. » En réalité, c'était à partir de ses propres rêves et siestes qu'il élaborait son plan de bataille.

Parmi les célébrités qui se sont contentées d'aussi peu de sommeil, on trouve aussi Winston Churchill. Même au plus fort de la Seconde Guerre mondiale, le Premier ministre britannique dormait tous les jours après le déjeuner. Ses collaborateurs et notamment les chefs de l'état-major militaire respectaient ce moment d'indisponibilité de Churchill, car ils considéraient que la sieste du Premier ministre participait à l'effort de guerre du pays tout entier. Celui-ci se réveillait très en forme et prenait ensuite d'excellentes décisions. De plus, le temps qu'il perdait avec la sieste en pleine journée était largement récupéré la nuit suivante : il avait coutume de travailler jusqu'à 3 ou 4 heures du matin et il se levait à 8 heures en pleine forme.

Dans le domaine de la politique contemporaine, les exemples ne manquent pas non plus de personnalités qui dorment très peu, mais pratiquent la sieste. On trouve de célèbres adeptes de la sieste dans tous les grands groupes politiques. Citons par exemple, du côté libéral, l'ex-Premier ministre anglais Margaret Thatcher. Dans le clan socialiste en France (la sieste est un sujet de consensus qui transcende les clivages politiques !), Jacques Attali fonctionne, paraît-il, de la même manière. Jacques Chirac, président de la République française, est aussi un fervent pratiquant de la sieste. Il a d'ailleurs très aimablement accepté de préfacer cet ouvrage, après avoir tiré profit des conseils pratiques de santé donnés dans mes précédents livres (en particulier pour mieux manger et pour arrêter de fumer, il a notamment été un très gros fumeur jusqu'à ce qu'il lise la première édition de mon livre *Comment vous libérer du tabac*). Il a la réputation d'être infatigable, de beaucoup travailler et de dormir très peu (quelques heures par nuit). Il lui arrive très souvent, après une journée déjà bien remplie, de continuer encore à travailler tard dans la nuit. Et il soutient un tel rythme d'activités, voyageant partout sur la planète depuis plusieurs décennies, au plus haut niveau de responsabilités. Quel est donc le secret qui explique une telle capacité de travail ? Il est tout simple et vous le connaissez déjà : ses proches racontent que dès qu'il monte dans un avion ou une voiture, il fait la sieste. Toutes ces personnalités n'ont aucun don particulier. Elles sont simplement devenues des « champions de la sieste », capables de gérer leur sommeil et de s'endormir n'importe où pour se régénérer en très peu de temps.

Des hommes et des femmes de toutes les convictions politiques et de toutes les couches sociales pratiquent la sieste, ce qui tendrait à prouver que la sieste est l'un des rares sujets sur lequel les partis politiques de droite et de gauche sont peut-être politiquement du même avis. Ce livre est préfacé par Jacques Chirac et je l'en remercie. Le fait qu'il ait accepté de rédiger cette préface montre que des personnalités éminentes utilisent la sieste, non seulement pour le plaisir, mais aussi parce qu'il s'agit d'un moyen pour mieux gérer son emploi du temps. D'éminents hommes d'affaires font de même, comme, par exemple, Daniel Ameline, un homme d'affaires très compétent dans le domaine de la santé, qui a notamment été président du Syndicat national de l'industrie des technologies médicales et directeur général de Philips Systèmes médicaux et qui dirige maintenant le Conseil national des ingénieurs et scientifiques.

L'inconscient, un potentiel infini de créativité

Freud a montré que notre psychisme comportait une partie consciente et une partie subconsciente, beaucoup plus vaste. Pendant la sieste, des quantités de bonnes idées jaillissent du cerveau. Il n'est pas rare de se réveiller en ayant trouvé la solution à un problème. Car la sieste, en « déconnectant » la pensée, permet d'accéder à l'immense potentiel de créativité qui réside dans l'inconscient.

Il est maintenant démontré scientifiquement que de nombreuses images et idées viennent spontanément à l'esprit dans l'état de demi-sommeil qui caractérise une sieste[1]. Ceci explique pourquoi de très nombreuses inventions ont été découvertes pendant une sieste ou à travers des rêves (Archimède, Kékulé, Edison, Einstein...). Car l'inconscient, comme l'ont démontré Freud, puis Jung, est la source d'un immense stock d'informations, presque infini. Et la sieste nous permet d'accéder à ce savoir qui contient en réserve toutes nos inventions futures. À mesure que le temps passe, ces idées parviennent à la surface de la conscience. L'acte d'invention consiste donc simplement à exprimer consciemment des idées qui étaient déjà dans notre inconscient.

1. J. W. Slap, 1977.

Un maître népalais m'a raconté un jour l'histoire suivante : « La conscience humaine est comme un lac, habituellement on n'en voit que la surface. Pour accéder à la partie cachée, inconsciente, il faut commencer par calmer la surface. La surface de ce lac, ce sont nos pensées, nos soucis, nos émotions. L'univers sous-marin est notre savoir intérieur, immense, bien plus vaste. » Ce maître illustrait ainsi les bienfaits de la méditation qui permet, comme la sieste, d'accéder à notre univers intérieur en calmant le mental qui trouble la surface du lac.

Si vous avez un problème à résoudre pour lequel vous n'entrevoyez aucune solution, surtout ne vous fatiguez pas à réfléchir, cela ne servirait à rien : faites, comme Einstein, une petite sieste, et la solution viendra toute seule !

Napoleon Hill est l'auteur de la célèbre méthode américaine « Pensez et devenez riche ». Il donne le conseil suivant aux hommes d'affaires : pour faire gagner de l'argent à votre compagnie, cessez de travailler, ôtez vos chaussures, mettez les deux pieds sur votre bureau et faites le vide dans votre esprit : c'est ainsi que vous viendront les meilleures idées pour gagner de l'argent.

De nombreuses découvertes ont été faites en rêve ou sous forme de songes pendant la sieste. Citons par exemple :

– les inventions de Thomas Edison (notamment l'ampoule électrique à filament et le tourne-disque)

– la découverte de la pénicilline par sir Alexander Fleming

– le stylo à bille de Reynold

– l'atome de Bohr

– les lois de l'hérédité de Mendel

– la découverte de la structure cyclique du benzène par Kékulé (ce qui a permis de développer toute la chimie organique, notamment la fabrication des matières plastiques).

Bien évidemment, le fait que la plupart des grandes inventions ont été le fruit de la sieste ou de rêves ne signifie pas qu'il vous suffira de vous allonger dans un hamac pour faire une découverte qui vous vaudra le prix Nobel. Ce serait trop simple et je ne voudrais pas vous le laisser croire. Il est cependant tout à fait exact que la même technique qui a permis à certaines personnes de faire des découvertes importantes peut vous permettre, dans votre domaine d'activité, de progresser et de découvrir de meilleures solutions aux problèmes auxquels vous êtes confronté.

La maîtrise du subconscient est la base de toute créativité et de tout développement personnel

Il existe un grand nombre de méthodes de développement personnel pour vivre mieux, développer les pouvoirs de son cerveau et devenir plus créatif. La sophrologie, la relaxation, l'hypnopédie, la méthode Silva, le training autogène de Schultz, la méditation, la visualisation, l'auto-affirmation positive, l'autosuggestion, la méthode Coué, l'auto-hypnose...

Toutes ces méthodes ont un point commun : elles agissent sur le subconscient. Et pour accéder au subconscient, il faut se déconnecter du monde extérieur en fermant les yeux et en faisant le vide dans son esprit pour ralentir les rythmes cérébraux. L'accès au subconscient est le point de départ de toute créativité. La sieste est donc l'état idéal pour pratiquer toutes ces méthodes d'épanouissement personnel et pour développer intuition et créativité. Parmi les nombreuses techniques de créativité et de développement personnel qui existent, la sieste est certainement la plus simple et la plus naturelle. Faire la sieste, c'est pratiquer l'auto-hypnose sans le savoir, comme monsieur Jourdain faisait de la prose !

Comment rendre vos siestes plus créatives

Voici comment rendre vos siestes plus créatives :

1. Considérez comme dignes d'intérêt les idées qui vous viennent dans un état de somnolence et pendant la sieste. Si vous n'y attachez pas d'importance, elles disparaîtront et vous ne vous en souviendrez même pas.

2. En vous endormant, répétez la phrase suivante : « D'excellentes idées vont venir à moi pendant cette sieste et je m'en souviendrai parfaitement au réveil. »

3. En même temps, toujours en vous endormant, visualisez les idées qui viendront à vous comme des bulles qui remontent vers la surface d'un lac. Ce sont d'excellentes idées, qui vous seront très utiles, qui éclosent à la surface.

4. Déterminez mentalement la direction dans laquelle devra travailler votre créativité, par exemple : « Je cherche une idée de cadeau pour offrir à telle personne » ou « Je veux savoir quoi dire à mon épouse pour la rendre heureuse ». Soyez certain du résultat : « Je sais que j'aurai la réponse pendant cette sieste. »

5. Prévoir de noter tout de suite au réveil, sans attendre, les rêves ou les idées qui vous seront venus à l'esprit. Pour cela, prévoir un stylo et votre cahier de sieste, ou un papier. Une idée qui n'est pas notée sur-le-champ est une idée perdue. Notez tout, même les idées apparemment insignifiantes, car la compréhension des messages obtenus en songe ou en rêve vient souvent pendant qu'on écrit ou plus tard dans la journée.

Comment résoudre des problèmes difficiles pendant la sieste

La sieste est le moment idéal pour résoudre un problème difficile, qu'il s'agisse de trouver la solution à une équation mathématique, ou qu'il s'agisse d'un choix professionnel, de la manière d'améliorer vos résultats aux examens, de prendre la décision d'arrêter de fumer ou encore d'apprendre rapidement une langue étrangère. Quelle que soit la difficulté à laquelle vous vous trouvez confronté, il existe au moins une solution, c'est celle qui va effectivement se réaliser. Tout problème pratique a donc au moins une solution, mais il est vrai que certaines solutions sont meilleures que d'autres.

La sieste peut vous aider à choisir la meilleure solution possible. Pour cela, se répéter mentalement en s'endormant : « Je sais qu'une autre solution encore meilleure existe. Cette solution va m'apparaître pendant la sieste sous forme d'idées et d'images dont je me souviendrai parfaitement au réveil. Cette solution me paraîtra si simple que je serai étonné de ne pas y avoir pensé plus tôt. »

Vous obtiendrez ainsi de nouvelles idées, meilleures que les précédentes. Et si toutefois la solution qui venait ne vous plaisait pas, refaites la sieste et cherchez-en une autre selon le même procédé.

Ainsi vous trouverez forcément la meilleure solution possible à tous les problèmes que vous avez à résoudre.

Chapitre 5

La sieste, source d'efficacité

La poule et l'œuf

« Qu'est-ce qui apparut en premier : la poule ou l'œuf ?
Si l'on pense à l'alternance de la veille et du sommeil,
lequel des deux interrompt l'autre ?
Le début du sommeil est-il un processus actif
ou simplement la cessation de l'état de veille ? »

Nathaniel KLEITMANN[1]

Beaucoup de personnes croient, à tort, que la sieste est du gaspillage de temps qui serait mieux utilisé à travailler. En fait, nous allons voir que le temps passé à faire la sieste n'est pas perdu, mais au moins six fois gagné : en plaisir pendant la sieste, en bien-être après la sieste, en efficacité au travail tout au long de la journée, en diminution du temps de sommeil de la nuit suivante, en santé et en longévité. Loin du cliché classique de l'oisiveté, la sieste bien utilisée est au contraire une source d'efficacité incomparable qui peut augmenter la productivité de notre

1. *Sleep and wakefulness,* The University of Chicago Press, Chicago, 1963, p. 363.

vie, de notre travail et donc, au niveau collectif, de nos entreprises et de nos économies. L'avant-propos de ce livre rédigé par Pierre Bonnet, de la Fédération des syndicats patronaux en Suisse, nous le montre : être un champion de la sieste est parfaitement compatible avec un travail efficace !

C'est prouvé : la sieste rend plus efficace

La sieste remet en forme et rend plus performant. Selon le docteur Dinges de l'université de Pennsylvanie, aux États-Unis, qui a effectué de minutieuses recherches dans cette direction, les habitués de la sieste réussissent mieux dans les tests de performance et prennent plus facilement de bonnes décisions.

De nombreuses autres études ont prouvé que la sieste augmente l'efficacité aussi bien chez les étudiants que chez les travailleurs en usine, conducteurs d'engins, employés de bureau, cadres dirigeants… En effet, notre degré d'attention, et donc notre efficacité, varie tout au long de la journée et connaît un creux en début d'après-midi : le rendement du travail baisse à l'heure de la sieste. Mieux vaut alors s'arrêter et se reposer pour repartir d'autant plus en forme ensuite. Nous avons tout à gagner, même au niveau du travail et de l'efficacité, à respecter nos rythmes biologiques.

D'après Taub, une sieste dans l'après-midi met les étudiants de meilleure humeur et augmente leurs performances scolaires.

Par ailleurs, la sieste améliore les réflexes, la vitalité et la sensation de bien-être, d'après les expériences de Taub et Tanguay aux États-Unis. L'amélioration des réflexes a deux conséquences heureuses pour l'entreprise : la première est l'amélioration des cadences de production, la deuxième consiste en une limitation des risques d'accidents du travail.

Quant à la sensation de bien-être que produit la sieste, elle facilite les rapports humains, et donc la communication interne et externe de l'entreprise. J'ai travaillé dans l'industrie comme ingénieur à l'EDF jusqu'en 1987. L'un des employés qui travaillait dans un bureau voisin du mien était sans cesse une source de frictions. Il manifestait haut et fort son mécontentement chronique, ce qui gênait fortement la marche de l'entreprise. Ce garçon avait l'habitude de sortir tous les soirs en boîte de nuit, se couchait à l'aube et ne faisait même pas la sieste pour récupérer. Il ne tenait debout qu'avec le renfort de la cigarette et du café dont il faisait une consommation impressionnante. Il était nerveux et certainement pas heureux, ni efficace pour l'entreprise. Ses collègues osaient à peine lui adresser la parole, car ils craignaient ses réactions. Qu'aurait été le tempérament de ce garçon si son sommeil avait été normal et si au moins il avait su se relaxer pour récupérer au moyen de courtes siestes ? Un animal qui a bien dormi et bien mangé n'a aucune raison de s'énerver. Il vaquera normalement à ses occupations. Inversement, la non-satisfaction des besoins physiologiques de base suffit pour rendre n'importe quel animal hargneux, avec des réactions imprévisibles, menaçantes et parfois dangereuses pour ses congénères. Il en va de même pour l'homme dans son entreprise : une entreprise ne peut fonctionner harmonieusement qu'avec des employés heureux, dont le sommeil est suffisant et harmonieux. Des employés bien reposés, en bonne santé et bien dans leur peau, voilà une condition nécessaire (mais pas forcément suffisante) pour un travail efficace. Il est certain que l'on est bien plus efficace et aimable les jours où l'on s'est bien reposé. Sans prétendre que la sieste soit la panacée, il est évident que le bien-être et le calme des employés d'une entreprise ne peuvent que faciliter son fonctionnement.

Un autre contexte, plus spécialisé, où les bienfaits de la sieste ont été très étudiés et où ils sont encore plus frappants, c'est celui des travailleurs nocturnes, tels que veilleurs de nuit, marins, conducteurs de train, pilotes d'avion. Ceux-ci voient leurs rythmes du sommeil soumis à rude épreuve. Ils doivent fonctionner à l'envers en travaillant la nuit pour dormir le jour, avec des horaires changeant fréquemment. Des études de Rogers et ses collaborateurs du Royal Air Force Institute of Aviation Medicine (Royaume-Uni) ont montré que, chez ces travailleurs nocturnes, une sieste d'une heure avant de commencer le travail améliore la productivité. Cet effet bénéfique de la sieste est significativement supérieur à l'effet obtenu par l'ingestion d'un médicament placebo. Une autre étude de Mikko Härmä et ses collaborateurs[1] a établi que, dans les domaines de l'industrie qui impliquent un travail nocturne, les sujets qui ont l'habitude de faire la sieste résistent mieux au sommeil et sont plus alertes que ceux qui ne font pas de sieste.

Il est plus important de travailler efficacement que de travailler beaucoup

Dans un monde très administratif et fonctionnarisé, la valeur du travail qui détermine le salaire d'un employé se compte habituellement en durée : on est payé, selon les cas, au mois ou à l'heure. Pourtant, les chefs d'entreprise savent tous que la valeur du travail ne doit pas être comp-

1. Université de Karlsruhe, Allemagne.

tée en durée, mais plutôt en « efficacité ». En effet, certaines personnes travaillent vite et bien, elles sont très productives, tandis que d'autres font acte de présence, mais sont peu rentables car leur travail est trop lent ou de médiocre qualité. D'autres encore peuvent même avoir une efficacité négative si elles prennent de mauvaises décisions ou si elles empêchent leurs collègues autour d'elles de travailler. Un simple calcul mathématique montre que si, sur une journée de travail de huit heures, une sieste de vingt minutes permet d'augmenter le rendement du travail de 20 % seulement, alors la durée de « travail efficace » gagnée est de plus de une heure et demie par jour. Une sieste de vingt minutes peut donc, dans ce cas, rapporter un gain de temps cinq fois plus important, et ceci le jour même. Il peut donc être rentable, dans le cadre d'une entreprise, de faire la sieste, que cette sieste soit ou non prise pendant les horaires de travail. Certains industriels, notamment japonais, mais aussi européens l'ont compris et ont installé des salles de relaxation pour le personnel de leur entreprise.

Comment la sieste permet de gagner du temps

Le même calcul montre que, sur une semaine, le gain en efficacité que pourrait apporter une sieste par jour de vingt minutes revient à rajouter une journée de travail efficace par semaine ! Quel employeur ne voudrait-il pas que, à la fois, ses employés soient de meilleure humeur, et qu'ils travaillent pour le même salaire un jour de plus par semaine ? C'est pourtant si simple quand on sait comment s'y prendre : une simple sieste de vingt minutes par jour !

Mais, me direz-vous, si la sieste est prise en dehors des heures de travail, cela profite surtout à l'employeur ? Pas seulement, car le principal intéressé, c'est-à-dire vous-même, y gagnez aussi beaucoup. En effet, la pratique régulière d'une sieste d'environ vingt minutes, éventuellement assortie d'un allégement du régime alimentaire, diminue souvent la durée du sommeil de la nuit suivante d'un cycle complet de sommeil, soit quatre-vingt-dix minutes (parfois plus ou moins, selon les individus). Donc, si vous faites la sieste en dehors des heures de travail, par exemple pendant la pause de midi, votre employeur y gagne environ quatre-vingt-dix minutes en efficacité sans que cela lui ait rien coûté, mais vous aussi gagnez quatre-vingt-dix minutes en temps libre économisées sur la nuit suivante. Que feriez-vous si vous disposiez chaque jour ne serait-ce que d'une heure par jour de temps libre de plus qu'actuellement, y compris le week-end : du sport, des lectures, du bricolage, des actions humanitaires ou une autre activité qui vous passionne ? La sieste et une meilleure hygiène de vie font, dans la plupart des cas et notamment chez les gros dormeurs, gagner du temps sur le sommeil, ce qui justifie largement un petit essai tel que la « cure de sieste de huit jours ». Autant celui qui fait la sieste que son employeur tirent profit d'une meilleure répartition du sommeil.

Des entreprises japonaises et américaines favorisent la sieste

Considérons l'exemple des Japonais : on voit fréquemment des employés dormir pendant des réunions, sans que cela y soit mal considéré, comme chez nous. Certaines entreprises nippones aménagent des salles de repos où le personnel peut venir dormir pendant les pauses s'il le souhaite. Cela ne semble pas les empêcher d'être économiquement performants, bien au contraire !

En Europe, certaines entreprises de communication et d'informatique sont à la pointe dans ce domaine. De nombreuses entreprises proposent déjà des cours de yoga ou de relaxation dans le cadre de leur comité d'entreprise (par exemple, les grosses entreprises pétrolières, électriques, IBM...). Apple, la société qui fabrique les ordinateurs Macintosh (le manuscrit de ce livre a été directement dactylographié sur un ordinateur Macintosh portable), est une entreprise novatrice dans le domaine de la micro-informatique, mais aussi dans le domaine de la sieste puisque le siège social de sa filiale française (Apple France) a installé en 1990 une salle de relaxation équipée de chaises longues. En effet, d'après le responsable de la formation et des relations humaines de cette société : « Si le personnel se repose un quart d'heure, il récupère de la vitalité pour l'après-midi. »

La sieste étant bénéfique pour les entreprises, il serait à la fois utile et rentable de donner la possibilité de faire la sieste à ceux qui en ressentent le besoin, et Dieu sait s'ils sont nombreux ! Une telle initiative serait certainement très populaire. Il ne faudrait cependant pas pour autant tomber dans l'excès inverse et rendre la sieste obligatoire. Ce serait d'ailleurs impossible car, par définition, la sieste est instinctive : on ne peut pas obliger quelqu'un à dormir s'il n'en a pas envie.

Actuellement, il est parfois difficile, voire impossible, aux salariés de faire la sieste, faute d'un lieu et d'horaires de travail prévus en conséquence. Plutôt que de prendre des mesures autoritaires pour imposer la sieste à tous les employés en début d'après-midi, une politique raisonnable en matière de sommeil du personnel pourrait, dans toutes les entreprises dont le personnel travaille en bureau, être similaire à celle qu'a adoptée Apple France : installer une salle avec des fauteuils de relaxation à la disposition du personnel et laisser à chacun le choix, dans une certaine mesure, de ses horaires de travail. La présence pourrait cependant rester obligatoire dans certaines tranches horaires, par exemple entre 9 h 30 et 12 heures et entre 14 h 30 et 17 heures, pour garantir le bon fonctionnement de l'entreprise sans représenter une contrainte trop importante. Ce système souple est d'ailleurs déjà opérationnel dans de nombreuses entreprises et nous ne pouvons que nous en féliciter. Grâce au système de pointage par badge, les employés peuvent organiser eux-mêmes leur temps de travail, en fonction de leurs activités personnelles, des horaires de travail du conjoint, de la sieste, des embouteillages... Un tel système est précis, équitable, souple et profite à la fois aux employés et à l'entreprise.

Il reste beaucoup de progrès à faire pour revaloriser l'image de la sieste dans les entreprises et dans l'inconscient du public, mais, heureusement, les choses avancent aujourd'hui assez vite dans ce domaine.

La sieste : un investissement rentable

Lorsqu'on parle de la sieste aujourd'hui dans les salons mondains, on dit qu'elle est réparatrice, qu'on s'y adonnerait volontiers plus souvent, et qu'il s'agit d'une agréable coutume qui nous vient de nos ancêtres. Tout cela est vrai, mais il y a plus : les choses auront bien changé le jour, qui n'est plus très éloigné, où l'on parlera aussi de sieste « rentable ». La sieste est en effet un investissement hyperrentable. Combien de placements financiers rapportent le jour même huit fois la mise initiale (quatre fois en efficacité au travail et quatre fois en temps gagné sur le sommeil, comme nous l'avons vu ci-dessus) sans compter le plaisir pendant la sieste et après la sieste, avec de surcroît une prime à long terme de deux fois la mise initiale (en santé et en longévité), et ce, sans aucun inconvénient ?

Huit pour un le jour même et dix pour un à long terme, qui dit mieux ? Bien des banquiers aimeraient avoir à leur disposition un placement aussi avantageux ! Nous sommes tous les gestionnaires de notre vie et de notre santé... C'est à chacun qu'il revient de gérer au mieux son emploi du temps, de limiter l'érosion de son capital santé, et d'optimiser plaisir et bien-être : la sieste peut nous y aider.

La sieste est donc non seulement une activité scientifiquement respectable, mais elle est en plus économiquement profitable à tout point de vue.

Ce qui compte pour réussir sur le plan professionnel n'est pas le nombre d'heures de travail par jour, mais beaucoup plus la manière de s'organiser et de gérer son travail et son emploi du temps. De même, ce qui détermine votre santé n'est pas le nombre d'heures passées à dormir ou la quantité d'aliments ingérés, mais plutôt la manière dont vous gérez votre sommeil et votre alimentation (pour l'alimentation, voir l'ouvrage *Mangez mieux, vivez mieux* et le site Internet www.comby.org).

Plus nous vivons dans un monde stressé, où la compétition est permanente, plus il devient important de savoir se ressourcer vite et bien.

La sieste rend positif et met de bonne humeur

« L'asynchronisme,
c'est-à-dire le fait de ne pas être synchronisé rythmiquement,
est une source de difficultés psychologiques. »

Gabriel RACLE

Les vertus « positivantes » de la sieste étaient déjà célébrées au XVIe siècle par Ronsard qui faisait l'éloge de

« ce somme qui charme tous nos ennuis ». La sieste, en effet, donne du recul par rapport aux tracas quotidiens. Elle ne résout évidemment pas les problèmes, mais elle les relativise. Par exemple, ce n'est pas en faisant la sieste qu'un chômeur va retrouver du travail, mais elle lui montrera la réalité sous un autre angle, et ce qui paraissait une difficulté insurmontable deviendra soudain une anecdote positive car, comme le dit un proverbe chinois : « Il n'y a pas de difficulté, il n'y a que des solutions. » Par exemple, notre chômeur, en faisant la sieste, sera de meilleure humeur et il retrouvera ainsi plus facilement du travail. Ou alors, des idées lui viendront pour lui indiquer la direction dans laquelle il retrouvera un emploi. Et même s'il n'en retrouve pas, il aura vécu son chômage de manière heureuse, sera en meilleure santé et n'aura pas perdu son temps en faisant la sieste.

Beaucoup d'entre nous ont tendance à se laisser submerger par les difficultés quotidiennes. Le sommeil est alors un refuge, un ancrage de quiétude au milieu de la tempête et du stress. Cela n'est pas nouveau : les vertus réparatrices et protectrices du sommeil ont de tout temps été décrites par les hommes. Pour Chamfort, au XVIIIe siècle, « vivre est une maladie dont le sommeil nous soulage toutes les seize heures ». Au XXIe siècle, l'accélération du rythme de vie fait que le problème du stress et de la récupération par le sommeil se pose avec encore plus d'acuité qu'au XVIIIe siècle ! D'où le succès grandissant des cours de relaxation et de yoga. Lorsque nous serons redevenus plus simples et moins activistes, vivre ne sera plus une « maladie », mais une joie de chaque instant. D'ici là, le sommeil est sans doute notre dernier refuge pour boire à la coupe cet élixir de tranquillité qui fait oublier tous les soucis.

Dormir moins, mais mieux

« Lausius, un poète ancien,
prescrit cinq heures de sommeil à l'adolescent et au vieillard,
six aux marchands, sept aux gentilshommes, huit au paresseux
et à l'homme totalement désœuvré[1]. »

Heinrich NUDOW

La règle des huit heures de sommeil est une vieille idée périmée qui ne repose sur aucun fondement. Il est parfaitement possible de dormir moins, mais mieux. Bien sûr, le sommeil de chacun est différent. Certains ont besoin de dormir davantage que d'autres, mais il est évident que la plupart des individus peuvent facilement réduire leur temps de sommeil de plusieurs heures par nuit. On peut apprendre à organiser son sommeil comme on apprend à mieux conduire une voiture. Ainsi que le constate Gabriel Racle, « certaines personnes ne dorment que cinq heures par nuit, ou même seulement trois heures, et ne s'en portent pas plus mal. Environ 5 % des gens dorment moins de six heures par nuit (et s'en portent bien). On peut donc dormir peu, en se sentant bien. Dormir longtemps n'est pas nécessairement un gage de bonne forme à son réveil, et il y a aussi la façon de s'endormir ou de se réveiller qui rentre en ligne de compte ».

Il serait cependant faux de croire que l'on peut ne pas dormir du tout. Un seuil minimum de l'ordre de cinq heures par nuit est indispensable pour un individu normal. J'ai rencontré deux fois des personnes qui prétendaient ne pas dormir du tout depuis plusieurs années. Un interrogatoire poussé a montré que c'était faux : ces personnes étaient insomniaques et dormaient effectivement très peu (quelques heures par nuit), mais elles restaient tout de même allon-

---

1. *Versuch einer Theorie des Schlafs,* Königsberg, 1791, p. 268.

gées sur leur lit pendant une bonne partie de la nuit et s'assoupissaient par moments sans s'en rendre compte. À leur réveil, elles ne se souvenaient pas d'avoir dormi, car elles ne gardaient aucun souvenir de cette période « inconsciente » (phénomène classique d'amnésie : on ne se souvient pas de ce qui s'est passé pendant qu'on a dormi ; souvent on ne se souvient même pas d'avoir dormi). Il n'existe apparemment aucun être humain qui puisse vivre sans sommeil. Certaines personnes dorment cependant très peu, comme les sujets que nous venons de mentionner. Peter Hauri cite dans son livre, *The sleep disorders*[1], le cas très exceptionnel d'une dame de 71 ans qui ne dormait que trois heures par nuit (la durée du sommeil diminue avec l'âge). Cela importunait son mari qui, inquiet, a incité sa femme à subir des examens médicaux approfondis. Les examens ont montré que cette dame était en bonne santé. Elle pratiquait le ski de fond en hiver et la marche en été et vivait fort bien malgré son peu de sommeil.

Le sommeil n'est pas, comme on le pense généralement, du temps perdu, il est au contraire nécessaire, utile et il remplit des fonctions vitales. Nous avons vu qu'il permettait la récupération cérébrale et qu'il s'opère durant le sommeil un important travail au niveau de l'inconscient. De nombreuses expériences de privation de sommeil ont été faites pour tester la résistance au sommeil aussi bien chez l'animal que chez l'homme. Cette question intéresse en particulier les militaires qui tentent de mettre au point une « pilule antisommeil » qui permettrait aux soldats de pouvoir combattre plusieurs jours sans dormir. Certaines de ces pilules ont été utilisées par les Américains lors de la guerre au Koweit, puis en Irak. Toutes les expériences effectuées ont confirmé qu'il n'est pas possible de vivre longtemps sans sommeil. Si nous pouvons survivre facilement à un

1. The Upjohn Company, 1977.

jeûne alimentaire de plusieurs semaines, nul ne peut résister aussi longtemps au sommeil. La plupart des individus tiennent facilement une nuit blanche, mais la deuxième nuit, l'endormissement est irrésistible. Le record du monde de privation de sommeil est de onze jours : il a été établi par Randy Gardner, un Américain alors âgé de 17 ans, sous la surveillance de William Dement. Le sommeil est donc encore plus indispensable à notre survie que la nourriture !

S'il est impossible de ne pas dormir du tout, il est cependant tout à fait envisageable de dormir moins et mieux et de gagner une ou plusieurs heures par jour en réduisant intelligemment la durée du sommeil. Il a d'ailleurs été démontré par l'équipe californienne de Laverne et Johnson que cette réduction est possible. Dans leur étude, des couples qui dormaient habituellement huit heures par nuit réduisaient progressivement leur sommeil d'une demi-heure toutes les semaines (en se couchant une demi-heure plus tard, tout en continuant à se lever à la même heure) jusqu'à ne dormir que cinq heures et demie par nuit. Ils appliquèrent ce système pendant un mois, puis étaient libres pendant les six mois suivants de dormir à volonté. Les sujets n'ont pas souffert de l'expérience tant que leur sommeil a duré au moins six heures et demie. Mais le plus étonnant, c'est qu'après l'expérience tous les sujets y ayant participé continuaient à dormir environ six heures et demie au lieu de leurs huit heures de sommeil d'autrefois. Cette étude montre donc qu'un dormeur « normal » peut fort bien réduire intentionnellement son temps de sommeil de une à deux heures pendant une longue période. Et encore, cette étude ne tenait pas compte de la répartition du sommeil dans la journée. Ces sujets auraient probablement pu réduire encore davantage leur sommeil avec la même facilité s'ils avaient été invités à faire une sieste l'après-midi.

Au cours de sa vie, chacun d'entre nous dort au total environ vingt-cinq ans. Un sommeil raccourci apporte un gain de temps énorme à l'échelle d'une vie : chaque personne qui raccourcit son temps de sommeil de deux heures par jour gagne au cours de sa vie plus de cinquante mille heures, soit l'équivalent de plus de six mille journées d'activité de huit heures par jour (17,5 années de temps de travail actif gagné). Mieux que la retraite, ce temps-là est disponible tout au long de la vie. Que de temps généré et quelle fabuleuse source de prospérité économique créée simplement en améliorant son sommeil !

Parce qu'ils n'ont pas de temps à perdre, les personnalités célèbres et les hommes d'affaires les plus occupés sont ceux qui ont le plus à gagner à découvrir les bienfaits de la sieste. Dans de nombreux cas, c'est d'ailleurs en partie parce qu'ils savaient parfaitement gérer leur emploi du temps et leur sommeil qu'ils ont pu devenir riches et célèbres.

Au travail, une des plus grandes libertés à conquérir n'est pas la réduction du temps de travail, mais le droit à la sieste, quitte à exercer ce droit en dehors des heures de travail. Comme le dit Anna Liett dans le magazine suisse *L'Hebdo* : « Elle [la sieste] n'est pas bonne que pour les vacanciers assommés par la chaleur : vingt minutes réparatrices en milieu de journée sont médicalement recommandées et excellentes pour le rendement. »

Distribuera-t-on bientôt des « primes de sieste » à ceux qui savent dormir à bon escient ? Ce serait sans doute un peu exagéré, mais l'idée de revaloriser la sieste dans l'opinion publique ou au sein des entreprises mérite réflexion et ne peut être qu'utile à la santé de tous.

La durée optimale du sommeil

Selon Dan Kripke, un chercheur californien, la durée optimale du sommeil pour des adultes serait de sept à huit heures. Il s'agit des résultats d'une étude de la Société

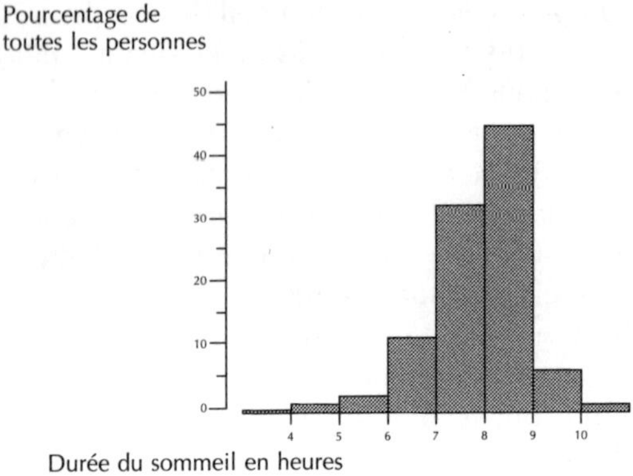

La plupart des gens dorment 7 à 9 heures. Le graphique est fondé sur un sondage touchant près de un million d'adultes. La durée de 8-9 heures a été donnée le plus fréquemment, celle de 7-8 heures, un peu moins souvent. Seule une infime partie des personnes interrogées ont déclaré qu'elles dormaient moins de 4 heures ou plus de 10 heures. (D'après une étude de Kripke et collaborateurs, 1979.)

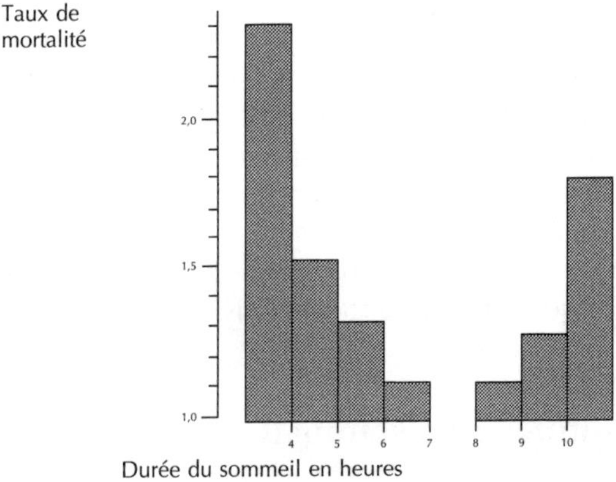

Le taux de mortalité est le plus faible chez les gens qui dorment 7-8 heures. Il augmente à mesure que la durée du sommeil croît ou diminue. (D'après une étude de Kripke et collaborateurs, 1979.)

américaine de cancérologie auprès de plus d'un million de personnes âgées de plus de 30 ans. L'échantillon était représentatif de la population générale. Les sujets étaient questionnés sur la durée de leur sommeil quotidien et, six ans plus tard, on comptait les personnes décédées et on s'enquérait de la cause de leur décès. La mortalité naturelle (autre que par accident) était nettement plus faible chez les gens qui dormaient sept à huit heures par nuit que chez ceux qui dormaient plus de huit heures ou moins de sept heures. Il semble donc que sept à huit heures soit la durée optimale du sommeil pour des adultes. Cette étude ne tenait pas compte de la répartition du sommeil ni de la présence ou non de siestes. La durée optimale du sommeil ainsi déterminée peut vraisemblablement être encore réduite d'une heure environ à condition de répartir son sommeil différemment, avec une sieste dans l'après-midi. D'autre part, cette durée optimale est une durée moyenne. Il peut arriver qu'on soit amené à dormir moins pendant quelques jours ou quelques semaines, par exemple en raison d'une surcharge de travail. La réduction du sommeil sera alors d'autant mieux supportée que l'on fera la sieste. C'est le cas des navigateurs solitaires : pendant une traversée océanique, ils dorment bien moins que d'habitude, mais ils tiennent le coup en répartissant ce sommeil entre plusieurs petits sommes dans la journée.

La micro-sieste

La micro-sieste qu'on appelle aussi « sieste-flash » est une sieste courte, d'une durée inférieure à cinq minutes. Elle se pratique par exemple juste avant un rendez-vous pour récupérer d'une nuit trop courte, ou dans les transports pour se remettre en forme sans perdre de temps : dans l'avion, dans le train, dans le taxi, dans le bus, ou même dans le métro.

Il s'agit ainsi de mettre à profit des périodes de temps brèves, habituellement inutilisées, afin de récupérer toute son énergie et se remettre en forme, bien ragaillardi, déstressé et pleinement performant pour la suite de la journée.

La micro-sieste peut se pratiquer :

- allongé ;
- assis ;
- ou même debout (fermer les yeux et se décontracter autant que possible au niveau du cou, du visage et de l'ensemble du corps tout en maintenant la position debout).

Les champions de la micro-sieste peuvent ainsi s'endormir très profondément et se réveiller en pleine forme en quelques minutes, voire même quelques secondes. Si vous n'y parvenez pas du premier coup, c'est normal. Persévérez néanmoins : une courte relaxation effectuée ainsi pendant quelques minutes vous permet de récupérer, même si vous n'atteignez pas un sommeil profond dès vos premières tentatives.

Progressivement, vous serez capable de faire ainsi des siestes de plus en plus courtes et de plus en plus réparatrices.

Comme toute activité humaine ou sportive, la sieste s'apprend et on peut se perfectionner et progresser en s'exerçant.

La sieste n'est pas du temps perdu, mais au contraire du temps gagné, car en se reposant en cours de journée, on diminue le sommeil de la nuit suivante. Plusieurs petits épisodes de sommeil de quelques minutes peuvent ainsi économiser une ou plusieurs heures de sommeil la nuit suivante, ce qui permet de gagner un temps précieux, avec en prime le bien-être qui en découle.

La micro-sieste est un moyen efficace pour se déstresser, un véritable « secret » de forme et d'efficacité, utilisé par de nombreuses personnalités du monde des affaires ou de la politique.

Napoléon et Léonard de Vinci autrefois en étaient des adeptes, et aujourd'hui Jacques Chirac est, lui aussi, comme beaucoup de grands de ce monde, un fervent pratiquant de tels épisodes de repos (voir sa préface).

Pour devenir plus performant et améliorer votre santé et votre bien-être, découvrez vous aussi les bienfaits de la micro-sieste, à pratiquer une ou plusieurs fois par jour !

Voulez-vous continuer à être fatigué, stressé, mal dans votre peau ?

Voici maintenant une question très simple qui vous montrera à quel point la sieste peut changer votre vie : Quel est le pourcentage de votre journée que vous passez à être fatigué ou stressé ?

Écrivez ici : .... %.

En supposant que vous viviez ainsi toute votre vie et avec une espérance de vie de soixante-dix ans, vous obtiendrez, en multipliant ce pourcentage par 0,7, le nombre d'années de votre vie que vous avez et allez passer à vous sentir fatigué ou stressé si vous continuez à vivre de la même manière : .... années. Par exemple, un individu qui passe en moyenne la moitié de sa journée à être stressé vivra trente-cinq ans en état de stress. Voulez-vous continuer à passer des années entières de votre vie fatigué, stressé et mal dans votre peau ? Ces années de fatigue en perspective ne valent-elles pas la peine de passer quelques jours à chercher une solution simple et définitive pour ne plus être fatigué ? Et si par hasard une petite sieste aidait à résoudre ce problème ? Et si c'était si simple ?

La sieste augmente non seulement le capital santé et la qualité de la vie, mais elle permet aussi d'économiser du temps sur le temps et d'être plus efficace pour mener à bien toutes nos activités personnelles et professionnelles !

Chapitre 6

La sieste, source de spiritualité

« Le sommeil de l'âme ouvre le chemin du discernement parfait. »

SYNÉSIUS DE CYRÈNE
Évêque du Ve siècle

La sieste peut faciliter la prière et les états mystiques

Dans toutes les grandes traditions spirituelles, aussi bien chrétiennes ou juives que musulmanes ou hindoues, la prière et la méditation s'accompagnent d'un état de recueillement et de disponibilité mentale, les yeux fermés. Il est possible aussi, bien sûr, de prier les yeux ouverts, mais l'isolation sensorielle semble induire un état de « vide intérieur » favorable à une communication spirituelle. C'est pour cette raison que l'on ferme les yeux et que l'on se recueille pour prier. La sieste agit dans le même sens et ouvre les portes du subconscient en nous isolant de l'extérieur et en ralentissant le rythme des pensées. La sieste pourrait donc être un moment propice aux activités spirituelles et notamment à la prière.

Les phénomènes mystiques tels que visions, songes, dédoublement de l'esprit et du corps, prémonitions... sont peu fréquents dans notre société. En général, les personnes qui ont vécu ce type d'expérience préfèrent ne pas en parler de peur de n'être pas prises au sérieux. Des personnes de tout âge et d'origines socioprofessionnelles diverses rapportent pourtant avoir vécu de tels phénomènes. Les visions, dédoublements, visites d'esprits étaient courants dans les sociétés primitives. Ils sont beaucoup plus rares chez nous. Mais nous n'entrerons pas dans le débat de l'authenticité ou non de tels phénomènes. Existent-ils réellement ou s'agit-il d'expériences purement imaginaires ?

Ce qui nous intéresse par contre beaucoup plus, c'est que ces phénomènes, que nous pouvons qualifier d'« expériences mystiques », surviennent en général pendant la prière, à l'occasion d'un assoupissement ou de toute manière lorsque le sujet a les yeux fermés. Quelquefois même, de telles expériences se produisent pendant le sommeil (comme c'est le cas pour le rêve, un état de conscience modifié que nous connaissons tous) ou, beaucoup plus rarement, en pleine journée, les yeux ouverts. Il est donc légitime de considérer très sérieusement l'hypothèse selon laquelle la fermeture des yeux et un état de demi-sommeil, comme on l'observe au cours d'une sieste, favoriserait non seulement la prière, mais aussi les expériences intérieures authentiques.

Le rythme *alpha* du cerveau est le point de départ de toute expérience intérieure

J'ai eu la chance au cours de mes voyages de participer et d'assister à un certain nombre de rites, séances et expériences de groupes religieux, mystiques ou spirituels.

Étant catholique par mes origines familiales, j'ai régulièrement participé aux cérémonies religieuses catholiques pendant toute mon enfance et mon adolescence. Ensuite, ayant vécu à l'adolescence quelques expériences intérieures pour le moins étonnantes, notamment des rêves prémonitoires, ou l'irruption dans le champ visuel de très belles images n'ayant pas toujours à voir avec la réalité (les yeux ouverts ou fermés), ou la vision d'événements à distance, j'ai cherché à comprendre et à reproduire ces phénomènes étranges.

J'ai alors étudié et pratiqué le yoga et l'enseignement des Orientaux et j'ai suivi pendant deux ans l'enseignement d'un maître népalais qui m'a beaucoup appris. Au début, les pensées s'agitaient sans cesse dans ma tête et je n'arrivais pas bien à méditer. Puis, après avoir appris plusieurs techniques de méditation, je me suis rendu compte que toutes ces techniques, malgré des rites apparemment différents, recherchaient en fait le même but : ralentir les rythmes de la pensée. Et toutes les techniques de méditation ont en commun un moyen : fermer les yeux.

Des expériences d'enregistrements d'électroencéphalogrammes ont montré que l'on trouve le rythme *alpha* chez des chamans en état de transe (en Amérique centrale), chez des sorciers africains (également en transe) et chez les sujets en état de méditation. Une importante activité cérébrale de type *alpha* est également observée au cours du sommeil hypnotique, qui peut même dépasser le stade *alpha* et aller plus profond jusqu'à *thêta* ou *delta*. On observe d'ailleurs au cours d'une séance d'hypnose un phénomène étrange similaire aux visions et aux songes : il est fréquent que le sujet voie surgir dans son champ visuel des images n'ayant rien à voir avec la réalité. Ce phénomène s'observe en général lorsque les yeux du sujet sont fermés. On l'obtient cependant aussi, mais plus rarement, lorsque le sujet rouvre les yeux tout en restant dans un état de sommeil (par exemple hypnotique), à condition que celui-ci soit très profond, ce qui n'est possible qu'avec certains sujets particulièrement prédisposés.

Tous ces phénomènes apparemment fort différents par leur origine ont en fait un point commun : sortir de l'état de conscience habituel en fermant les yeux, les rythmes cérébraux se ralentissant du rythme *bêta* (rapide) à *alpha* (plus lent). Des phénomènes de vision et des expériences intérieures enrichissantes surviennent alors spontanément. Il n'est donc pas étonnant que la sieste favorise de telles expériences, puisque au cours de celle-ci on est amené à fermer les yeux, à ralentir son activité cérébrale et à basculer en rythme *alpha*.

La sieste, parce qu'elle induit le rythme *alpha*, est un état idéal pour pratiquer les exercices spirituels tels que prière, récitation du chapelet, examen de conscience...

Chez les musulmans, par exemple, le prophète Mahomet ne manquait jamais de faire, d'après les traditions prophétiques (*hadiths*), une sieste d'une demi-heure à une heure tous les après-midi.

Le sommeil est considéré comme sacré dans de nombreuses religions

Le sommeil fait parfois peur. On le craint, car l'immobilité du dormeur inquiète. Vu de l'extérieur, un homme endormi ressemble à un homme mort. On parle d'ailleurs souvent d'« endormissement » ou de « long sommeil » à propos de la mort. Cela explique sans doute pourquoi le sommeil et la sieste sont considérés comme sacrés dans de nombreux groupes religieux. Dans la mythologie grecque, Hypnos, qui représente le sommeil, et Thanatos, le dieu de la mort, sont des frères et ils ont tous deux été enfantés par Nyx, la déesse de la nuit.

Dans les anciennes traditions germaniques, le sommeil et la mort étaient frères également et ils y sont désignés par l'expression, que nous utilisons toujours, de « marchands de sable ».

Dans l'Inde ancienne, on distingue quatre états de conscience : l'état de veille, dans lequel nous sommes le plus souvent, le sommeil, le rêve et le nirvana. En état de veille, le voile de nos croyances et de nos illusions nous empêche d'accéder à l'état de nirvana, dans lequel nous serions totalement libérés de nos souffrances. Ce n'est, selon la très ancienne mythologie hindoue, que grâce aux deux autres états, le rêve et le sommeil, que l'homme pourrait en fin de compte parvenir à dépasser ses illusions pour accéder à l'état hypothétique et idéal de nirvana.

Dans les contes traditionnels pour enfants, Blanche-Neige et la Belle au bois dormant semblent éteintes pour toujours, mais en fait, elles ne sont qu'endormies et elles se réveilleront le moment venu. Il existe ainsi un lien étroit dans de nombreuses philosophies, mythologies et religions, entre la mort et le sommeil. La différence entre les deux réside sans doute dans le fait que de la sieste et du sommeil on se réveille, tandis que de la mort on ne revient pas. Toujours est-il que l'état de conscience *alpha* auquel nous accédons par la sieste est un état particulièrement intéressant sur le plan philosophique et spirituel.

Alors qu'il est respecté et révéré dans d'autres cultures, dans notre culture occidentale le sommeil est au contraire associé à un syndrome de culpabilité : on a honte de dormir en public, on se cache, on s'enferme seul dans sa chambre à coucher, et bien qu'elle soit censée représenter le chemin vers la vie éternelle, on a souvent peur de la mort qui n'est pourtant... qu'un très long sommeil. Les coutumes en matière de sommeil ont beaucoup changé au cours du temps. Il n'y a pas si longtemps, au XIXe siècle, tous les membres d'une même famille de paysans bretons dormaient ensemble dans un grand lit avec leurs domestiques, et les visiteurs occasionnels se voyaient proposer une place dans le même lit ! Il n'existait à l'époque aucune honte à montrer ou à partager son sommeil. Il est aujourd'hui courant de voir en Inde des personnes dormant ou faisant la sieste dans la rue ou dans les magasins. Cela ne dérange personne et le sommeil du « dormeur public » est respecté.

Il en va tout autrement en Europe ou en Amérique où s'est imposée l'opinion qu'il est inconvenant de dormir dans certains endroits, en particulier les lieux publics. Seule dérogation : il est admis de s'assoupir dans un train, un autobus ou un avion, mais essayez de dormir dans la rue, dans le métro, dans un espace vert et même dans certaines salles d'attente : vous serez en général prestement rappelé à l'ordre par un passant ou un agent de police. Essayez de dormir au travail et vous verrez ce qu'en pensera votre patron !

Ce n'est pas par hasard si, jusqu'aux années 1970, très peu d'études scientifiques étaient consacrées au sommeil : ce sujet était tout simplement considéré comme de peu d'intérêt, pas très « scientifique ». Les choses ont bien changé et le sommeil fait maintenant l'objet de nombreuses études sérieuses. Nous vivons une époque fantastique de notre histoire qui nous amène à « redécouvrir » notre sommeil, sa nature, ses vertus, ses caractéristiques. Mais, encore aujourd'hui, le mot « sieste » fait quelquefois sourire. Faut-il y voir les derniers vestiges d'un « tabou du sommeil » ? L'attitude qui a conduit, dans le passé, à ridiculiser le dormeur dans notre société est évidemment hautement regrettable, car le sommeil est au contraire un état très important, qui développe nos potentialités intérieures et notre bien-être.

Le « péché originel » ne serait-il pas un éloignement des lois de la nature ?

Alexis Carrel, une des grandes personnalités du début du XXe siècle, décrit ainsi sa vision du monde dans son livre *Réflexions sur la conduite de la vie* : « Il y a un ordre dans le monde. Les lois naturelles l'expriment. Elles sont inexorables, universelles, silencieuses et éternelles... Pour réussir, la vie doit être conduite de la manière voulue par la nature. C'est la désobéissance aux lois naturelles qui a amené les maladies de la civilisation. La punition a été automatique. Comme pour une machine conduite par un chauffeur ignorant. Le péché est le refus d'obéir à l'ordre des choses... Nous aurions dû penser que la vie humaine était elle aussi soumise à certaines règles : celles de la nature. Nous nous crûmes indépendants de l'ordre du monde. »

Cette description est si claire que je ne vois rien à y ajouter. Si l'on en croit Alexis Carrel (personnellement, je souscris volontiers à cette vision des choses), alors la notion de péché prend sa source dans notre éloignement des lois et des rythmes de la nature. Ce « péché originel » serait, comme dans la Bible, le point de départ de tous nos malheurs et de toutes les souffrances qui découlent de nos erreurs. Si l'on s'en réfère à cette définition, inattendue et fort séduisante, du péché, ne pas faire la sieste est alors un péché... contre nature (il faut bien un peu d'humour !).

Trouver le silence en soi

Certains grands maîtres spirituels proposent « la révolution du silence » pour aider l'homme moderne à résoudre ses problèmes et à progresser sur le plan spirituel. Il est vrai que, pour celui qui est soumis au stress, lequel engendre un tumulte mental incessant, le silence intérieur pourrait rendre de précieux services. C'est l'objectif à atteindre. Mais si l'on dit à un homme accablé de problèmes : « Fais silence en toi ! », il ne pourra pas le faire. Tandis que si on lui dit : « Fais la sieste ! », il saura le faire et cela fera le silence en lui. Conclusion : la sieste est un excellent antistress, un moyen simple pour réaliser en nous cette « révolution du silence ». Grâce à la sieste ou à une bonne nuit de sommeil, nous pouvons tous connaître très facilement, au moins pendant quelques dizaines de minutes, l'état psychique de détachement des grands sages.

La sieste : un outil pour aider l'homme à progresser

« Quand nous rêvons et que tous nos sens sont éteints, c'est notre vue et notre ouïe spirituelles qui s'ouvrent. »

DIDYME D'ALEXANDRIE

Pendant toute notre vie, et après pour ceux qui croient à la vie après la mort, nous ne cessons d'enrichir notre inconscient (pour les athées), notre « âme » (pour les croyants) par le fruit de nos expériences. Petit à petit, notre inconscient accumule de nouvelles connaissances à chaque instant. Le sommeil, comme la sieste, en ouvrant les portes du subconscient, favorise le travail d'enrichissement ou de « métamorphose » de l'âme. Ce travail de « remaniement de l'inconscient » est d'ailleurs, plus que le repos du corps, une des fonctions essentielles du sommeil. Freud, le père de l'inconscient, l'avait remarqué et en parle dans son livre *Introduction à la psychanalyse.* Cette fonction « mise en ordre de l'inconscient » ou « spirituelle » du sommeil s'opère en principe de manière inconsciente. Le dormeur remarquera cependant la présence de rêves ou d'images hypnagogiques, ces images mentales qui apparaissent dans le champ visuel du dormeur à l'orée du sommeil.

Le sommeil n'a donc pas qu'une fonction physique de récupération musculaire, il remplit aussi une importante fonction au niveau psychique. Cette fonction ressemble beaucoup au fonctionnement de certains très gros ordinateurs : dans la journée, les programmes sont chargés et exécutés, puis l'ordinateur profite de la nuit pour effectuer un travail de compilation, de réarrangement des données dans sa mémoire, travail qui ne nécessite pas la présence d'un opérateur.

D'une certaine manière, il est donc tout à fait exact d'affirmer, comme le suggérait déjà Thomas Brown, que « le sommeil du corps permet l'éveil de l'âme ». L'accès à notre inconscient et à notre être intérieur au cours d'une sieste permet d'opérer une véritable transformation intérieure, très élégamment décrite par Robert Desnos en ces termes : « La surprenante métamorphose du sommeil nous rend égaux aux dieux. »

La sieste est un excellent moment pour prier

« Lorsque nous nous couchons, nous entrons dans un état de conscience différent : nous ne voyons, n'entendons, ni ne sentons consciemment ce qui se passe autour de nous. »

Docteur Alexander Borbély
Codirecteur du Laboratoire de recherches expérimentales et cliniques sur le sommeil de l'université de Zurich

La sieste nous fait basculer vers un état de conscience différent, celui du sommeil. Ce faisant, elle favorise le recueillement et c'est donc un bon moment pour prier.

La plupart des techniques de prière, à genoux pour les chrétiens ou tourné vers La Mecque pour les musulmans, commencent par créer des conditions similaires à la sieste : les yeux fermés, le corps aussi détendu que possible, l'esprit étant en revanche bien éveillé.

Des indications sur la conduite de la vie pendant la sieste

Il vous est certainement déjà arrivé de vous lever après une sieste avec de nouvelles idées, ou en ayant l'impression d'avoir reçu des indications sur la manière de résoudre un problème ou de réaliser vos projets. Par exemple, c'est au cours d'une sieste que m'est venue l'idée d'écrire ce livre et, en ce qui me concerne, il m'arrive souvent de me réveiller avec un chapitre entier d'un livre comme déjà écrit dans ma tête : il ne reste qu'à le noter. D'autres fois, je me souviens subitement d'un vieil ami que j'avais perdu de vue, je le recontacte et la suite des événements confirme qu'il était effectivement important de le revoir.

Que ce soit dans le domaine personnel ou professionnel, il n'est pas rare que des idées germent pendant le sommeil : c'est souvent lors de la sieste que nous parvenons à discerner des idées sur la conduite de la vie, les décisions à prendre, les projets à réaliser. La plupart du temps nous n'y prêtons pas attention. Il est parfaitement possible, tout en gardant bien les pieds sur terre, de tirer un enseignement précieux de ces sensations perçues en rêve pendant la sieste. Ce sont des indications importantes qui peuvent se manifester selon les cas sous forme d'images (rêves), de paroles ou d'intuitions, de certitudes intérieures.

Libres... enfin plus libres !

« Comparé à ce que nous devrions être,
nous ne sommes qu'à demi éveillés.
Nous n'utilisons qu'une faible partie
de nos ressources physiques et mentales.
L'être humain vit bien au-dessous de ses possibilités.
Il possède des potentialités énormes,
des capacités qu'il laisse dormir. »

William JAMES
Célèbre psychologue de l'université de Harvard

Nous sommes à chaque instant libres de conduire notre vie comme nous l'entendons, de nous rendre dans les lieux qui nous plaisent et de gravir les montagnes de notre choix.

La sieste nous rend plus libres en nous aidant à mieux gérer notre stress et en permettant une évasion au royaume des songes au milieu du tumulte de la journée.

Voulons-nous enfin vivre heureux ? La décision nous appartient. Chaque fois qu'on se refuse une sieste, chaque fois que l'on ne tient pas compte des informations reçues pendant le sommeil, c'est l'inconscient qui souffre, c'est un morceau de soi-même qui est meurtri !

Chapitre 7

Devenir un champion de la sieste

Qu'est-ce qu'un champion de la sieste ?

Avez-vous remarqué comme certaines personnes semblent avoir un don extraordinaire pour maîtriser leur sommeil ? Elles peuvent s'endormir n'importe où en quelques secondes avec une grande facilité. Ces individus sont des « champions de la sieste ». Le test qui suit vous permettra de savoir si vous êtes ou non un champion de la sieste.

Un champion de la sieste est un individu qui contrôle parfaitement son cerveau et ses rythmes, au point de pouvoir s'endormir et se réveiller n'importe où, à volonté et en quelques secondes seulement.

Il est très utile d'être un champion de la sieste. Cela apporte beaucoup à tous les points de vue : les champions de la sieste dorment moins que les autres (cinq à sept heures par nuit selon les cas) et leur sommeil est plus réparateur bien que de plus courte durée. Un champion de la sieste se sent toujours en pleine forme, efficace, bien dans sa peau toute la journée. Et, si tel n'était pas le cas pour une quelconque raison (par exemple trop de travail), il peut se reposer sur-le-champ jusqu'à se sentir mieux.

Environ 1% seulement de la population est actuellement un champion de la sieste

Aujourd'hui, les champions de la sieste sont plutôt rares : bien qu'il soit difficile de donner un chiffre précis, on peut estimer qu'environ 1% de la population remplit les conditions que nous avons définies ci-dessus. Encore une fois, c'est l'éloignement de la nature et un mode de vie trop artificiel (éclairage artificiel, café, cigarettes, alimentation inadaptée), qui font que les champions de la sieste se font de plus en plus rares. Mais heureusement, nous pouvons tous, si nous le voulons, redevenir en quelques mois des champions de la sieste à part entière.

Tout le monde peut devenir un champion de la sieste

Être un champion de la sieste n'est pas un don du ciel. Il est faux de croire qu'il y a de bons et de mauvais dormeurs. Un bon contrôle du sommeil est l'état normal d'un homme qui respecte quelques règles simples de santé. L'expérience montre que, même après des années d'insomnies, il est possible de retrouver en quelques mois un sommeil de champion. La maîtrise du sommeil s'acquiert, comme on apprend la grammaire et les mathématiques. Voici la marche à suivre pour devenir un champion de la sieste :

1. rééquilibrer ses rythmes (donc réintroduire la sieste) ;

2. éviter au maximum les drogues, médicaments, excitants et aliments artificiels ou transformés. Laisser le temps (quelques mois) à l'organisme d'éliminer les substances non naturelles excitantes (nicotine, caféine...) et alimentaires (aliments artificiels) qui s'y sont accumulées par le passé ;

3. apprendre le sommeil-flash par des exercices appropriés pour contrôler son sommeil, sa conscience et son état nerveux. Le *Stressomètre* peut éventuellement vous y aider ;

4. s'entraîner, comme un champion d'athlétisme qui améliore peu à peu ses performances, à s'endormir de plus en plus vite dans des conditions de plus en plus difficiles.

TEST : Êtes-vous un champion de la sieste ?

Êtes-vous un siesteur débutant, un siesteur confirmé ou un champion de la sieste ? Votre sieste est-elle plutôt du style dauphin (très courtes siestes de quelques secondes), marmotte (longues siestes tout l'hiver) ou cheval (capable de dormir debout) ? Dites-moi comment vous faites la sieste, je vous dirai qui vous êtes...

Le test qui suit vous aidera à mieux connaître votre propre comportement face à la sieste et au sommeil. Entourez pour chaque question une seule réponse.

1. La fréquence de vos siestes est de :

A. une fois par jour ;
B. plusieurs fois par semaine ;
C. très rarement, je n'ai pas le temps ;
D. jamais.

2. Pour vous, la sieste représente plutôt :

A. du temps perdu ;
B. un état normal : il faut bien dormir pour récupérer et en plus ce n'est pas désagréable ;
C. un état très agréable et riche d'enseignements.

3. Combien d'heures dormez-vous chaque nuit ?

A. entre neuf et douze heures ;

B. entre sept et neuf heures ;
C. moins de sept heures.

4. Vous êtes capable de dormir :
A. seulement dans un lit ;
B. allongé ou à la rigueur accoudé à une table ou adossé dans le train ;
C. n'importe où et dans n'importe quelle position.

5. Si la science permettait de fabriquer une pilule qui remplace le sommeil :
A. vous la prendriez volontiers ;
B. vous la prendriez de temps à autre ;
C. vous ne la prendriez pas.

6. Pour vous, les rêves sont :
A. des images sans signification particulière ;
B. des images ayant une signification difficile à interpréter ;
C. des images qui apportent un message pour votre vie.

7. Vous travaillez et soudain survient un coup de pompe. Que faites-vous :
A. je continue à travailler quand même ;
B. je prends un café ou une cigarette ;
C. je respire un grand coup, je fais une petite pause, je change de travail ou je fais une petite sieste.

8. Combien de temps faut-il pour vous endormir à partir du moment où vous êtes allongé dans votre lit le soir ?
A. au moins une demi-heure ;
B. au moins cinq minutes ;
C. moins d'une minute.

9. Combien de temps faut-il pour vous endormir, aller jusqu'au sommeil profond et vous réveiller lors d'une sieste ?

A. je ne suis pas capable de m'endormir dans la journée ;
B. au moins une heure ;
C. au moins une demi-heure ;
D. au moins un quart d'heure ;
E. moins d'un quart d'heure.

10. Hypnos et Morphée sont des dieux grecs qui représentent respectivement :

A. les rêves et la lune ;
B. le mystère et l'action ;
C. le sommeil et les songes ;
D. le jour et la nuit.

Voir p. 173 les résultats du test.

Les critères d'une sieste réussie

Voici les critères d'une sieste réussie pour un champion de la sieste :

1. *Bilan positif :* se sentir mieux après qu'avant. L'état normal à l'issue d'une sieste est de se sentir en pleine forme, plein d'énergie, prêt à conquérir la planète.

2. *Sensation d'hyperconscience :* sentir une vitalité très intense et agréable dans toutes les parties de son corps.

3. *Dilatation du temps :* le temps semble s'écouler différemment après la sieste : on a l'impression que le temps est dilaté, que chaque seconde est plus riche en événements.

4. *Bonne humeur :* se sentir optimiste à tout point de vue, calme, agréablement détendu et dynamique en même temps.

5. *Gentillesse :* avoir envie d'être gentil avec tout le monde après la sieste, même avec ses ennemis.

6. *Harmonie :* avoir l'impression de ne plus avoir de problèmes.

7. *Meilleure perception :* plus grande acuité dans la perception des sons, des odeurs, des émotions... après une sieste réussie.

8. *Indépendance de la durée :* une bonne sieste n'est pas forcément une sieste de longue durée, mais une sieste au cours de laquelle le corps et l'esprit se régénèrent.

Conclusion

« Plus est en nous. »

L'avenir de la sieste

Parce qu'elle fait partie de nos rythmes biologiques fondamentaux, nous devrons, si nous voulons vivre mieux dans l'avenir, redonner sa place à la sieste dans notre vie quotidienne.

Après avoir violenté nos rythmes de vie au profit de la production, du travail, de l'argent, notre société prend lentement conscience de l'importance d'un bon sommeil, peut-être à cause de la quantité croissante de stress qui a amené d'importantes perturbations physiologiques et psychologiques. Après avoir pensé pendant plusieurs décennies que de nouveaux médicaments permettraient de résoudre tous nos problèmes de santé, d'où une consommation exagérée de somnifères, notre société prend lentement conscience que c'est notre mode de vie qui est en cause : il nous faut donc réapprendre à vivre d'une manière plus propice à notre santé : sans tabac, en mangeant moins et de manière plus naturelle, en dormant mieux, en apprenant à nous relaxer. La sieste n'est pas une mode passagère, un nouveau moyen pour faire face au stress de notre civilisation, c'est un besoin fondamental, génétiquement programmé, de l'être humain. À ce titre, la sieste a encore un bel avenir en perspective...

Malraux nous a prédit que le XXIe siècle « sera spirituel ou ne sera pas ». Nous pouvons préciser son jugement de la manière suivante : au XXIe siècle, notre mode de vie doit redevenir plus naturel et nous devons redécouvrir la sieste tous les jours, faute de quoi nous risquons d'être entraînés dans la spirale infernale du stress et de l'agressivité jusqu'à notre autodestruction.

La sieste est une priorité pour la santé publique

La sieste quotidienne pourrait figurer, au même titre que le sevrage tabagique et la modération de la consommation d'alcool, parmi les grandes priorités pour la santé publique. Au lieu de dépenser des milliards de dollars pour promouvoir l'alcool ou les cigarettes, une campagne de publicité en faveur de la sieste et d'une meilleure hygiène de vie ferait faire, enfin, un bond en avant notable dans notre qualité de vie et permettrait des économies importantes à la Sécurité sociale, car nous serions beaucoup moins souvent malades. Les caisses de la Sécurité sociale seraient renflouées, les entreprises verraient leur taux d'absentéisme baisser et les citoyens seraient plus heureux. Tout le monde serait gagnant !

« Monsieur Sieste »

Nous avons déjà eu, parmi les membres du gouvernement, un ministre du Temps libre. À quand un secrétariat d'État à la sieste ? Les gouvernements, les grandes entreprises et les compagnies d'assurances pourraient en effet

- pourquoi pas ? - nommer un « Monsieur Sommeil » et un « Monsieur Sieste », comme il y a un « Monsieur Sida » et un « Monsieur Tabac ». Le rôle de cet homme serait de faire des propositions sur la manière de favoriser la sieste dans la population, de promouvoir la recherche et l'éducation du public dans ce domaine, de coordonner le travail des équipes de recherches... Un « Monsieur Sieste » serait très utile pour la santé publique ! Ce serait certainement un homme très populaire et apprécié du public. Mais où va-t-on trouver l'argent pour payer et nourrir un fonctionnaire de plus ? C'est très simple : l'action de cet homme abaissant la criminalité, le nombre de suicides, le nombre de maladies, de divorces... les économies faites par les compagnies d'assurance, la police et la justice permettraient largement de payer « Monsieur Sieste » comme un roi du pétrole ! Imaginez ce que représente, du simple point de vue financier, une réduction de seulement un pour cent du budget des hôpitaux ! Sans compter les souffrances évitées et les entreprises qui seraient plus productives...

Le droit à la sieste

« Tous à vos siestes... chez vous, dans vos ateliers, dans vos bureaux ! Réclamez des divans, une salle de repos comme le lieu du rêve et de l'imagination. Ils n'ont pas encore compris, les employeurs, qu'ils y gagneraient aussi à ne pas épuiser indéfiniment leurs travailleurs... trop fatigués pour imaginer. À quand le syndicat des siestants ? Tout cela est très sérieux ! Au-delà de l'utopie, la sieste est peut-être une inno vation nécessaire. »

Augustin BARBARA
Sociologue

Le droit à la sieste et au sommeil est aussi fondamental que le droit à l'air pur ou le droit à la liberté d'expression. Ce droit élémentaire n'est pourtant pas toujours respecté, et il n'est pas souvent revendiqué. La solution la plus courante au problème de la fatigue sur les lieux du travail, c'est l'installation d'une machine à café. Inutile de dire que cette manière de résoudre le problème, efficace à court terme, est discutable à long terme. Une politique différente de liberté face au sommeil, chacun étant libre de dormir quand il le souhaite, donnerait d'autres résultats. Une telle proposition n'est pas aussi utopique qu'on pourrait le penser à première vue : avec le système des badges actuellement en vigueur dans de nombreuses entreprises pour contrôler les horaires de travail, chacun est libre de s'absenter une demi-heure s'il le souhaite, la durée correspondante étant décomptée du temps de travail afin que l'employeur ne soit pas pénalisé. Il ne manque plus qu'un lieu aménagé de manière adéquate pour s'allonger et une campagne d'information du personnel sur les bienfaits de la sieste. Il existe même un précédent juridique en faveur de la sieste : un employeur qui voulait licencier un employé parce qu'il dormait sur son lieu de travail n'a pas obtenu gain de cause. En effet, le législateur a considéré qu'il est légitime dans certaines circonstances d'être fatigué et de se reposer sur son lieu de travail, même pendant les horaires de travail.

Recherche scientifique et « clubs de la sieste »

Sur le plan scientifique, un nombre de plus en plus grand de publications est consacré au sommeil et de nombreux hôpitaux ont un service ou un centre de recherche spécialisé dans les troubles du sommeil. En Europe, comme aux États-Unis, existent des « clubs du sommeil » et de nombreux séminaires apparaissent dont le but est d'enseigner la manière de mieux dormir.

À Tokyo, la *Sleep Culture Gallery Alpha* propose un choix de plusieurs milliers de livres et de documents sur le sommeil. Un fabricant japonais a même inventé un appareil, une sorte de walkman, qui émet des bruits d'insectes qui, paraît-il, facilite l'endormissement... La recherche sur le sommeil et la sieste s'intensifie actuellement et nous ne pouvons évidemment que nous en féliciter.

Épilogue :
Faire la sieste tous les jours

Ami lecteur, merci de m'avoir suivi jusqu'ici. Je vous souhaite beaucoup de bonheur, de santé et de réussite pour l'avenir. Sachez avant que nous nous quittions que je suis évidemment un passionné de la sieste depuis mon plus jeune âge : je la fais avec plaisir presque tous les jours et cela m'a beaucoup aidé, en particulier pour réussir mes examens puis pour écrire mes livres : les meilleures idées, les titres... viennent spontanément à l'esprit pendant le sommeil. Je fais la sieste quotidiennement et cela ne m'empêche pas d'avoir une vie bien remplie. Je travaille souvent très tard le soir, jusqu'à 2 heures ou même parfois 5 heures du matin. Mais je m'allonge quelques instants avant ou après les repas. Chaque voyage en avion, en train ou en voiture est l'occasion de dormir un quart d'heure. Depuis que je vis de cette manière, j'ai gagné trois heures par jour sur mon temps de sommeil et je suis plus en forme et bien plus efficace dans toutes mes activités ! Quelquefois, je suis tellement pressé que je sacrifie la sieste au profit de quelque activité plus urgente. Je le regrette toujours, car le reste de la journée perd de son relief. Loin d'être du temps perdu, la sieste agit au contraire comme un « turbo » pour dynamiser le reste de nos activités.

Pour conclure, j'espère que la sieste deviendra vite, si ce n'est pas encore le cas, une partie de votre vie quotidienne et que Morphée viendra souvent vous envelopper dans ses grands bras doux pour vous emmener visiter un petit bout de ce paradis auquel nous aspirons tous…

La sieste constitue comme nous l'avons vu une véritable psychanalyse du sommeil, une psychanalyse naturelle et facile pour retrouver le chemin du bien-être, de l'équilibre et de la santé par la rééducation de l'instinct du sommeil.

La sieste, c'est aussi un germe de fantaisie et de poésie dont nous avons bien besoin dans un monde trop souvent régi par une logique matérialiste qui relègue au deuxième plan l'épanouissement de la personne humaine.

Ce livre veut vous montrer le chemin vers une vie meilleure, une santé plus solide et une conscience plus large de la nature et de l'homme. Plus qu'élaborer des idées, ce qui importe avant tout est de passer à l'action car, comme l'a dit le savant Herbert Spencer, « le grand but de l'éducation n'est pas le savoir, mais l'action ». Plutôt que de lire beaucoup de livres, choisissez les meilleurs, lisez-les plusieurs fois et, surtout, mettez-les en pratique !

Écrivez-moi, en français ou en anglais, à l'Institut Bruno Comby, pour me dire ce que ce livre vous a apporté.

Votre courrier sera lu et je tiendrai compte de vos remarques pour les futures rééditions.

De tout mon cœur, je vous souhaite toujours plus de joie et de santé !

Bruno COMBY
Dernière version du manuscrit révisée à Houilles, en mars 2005.

Charte de la sieste

Si cette « Charte de la sieste » était affichée et mise en application :

– *dans la population :* le niveau moyen de stress, le nombre de suicides et le nombre de personnes dépressives ou atteintes de maladies psychosomatiques diminuerait de manière spectaculaire ;

– *dans les familles :* bien des disputes et divorces seraient évités car tout se passerait dans l'harmonie et les différences de points de vue se régleraient dans le calme par la discussion ;

– *dans les entreprises :* la productivité serait accrue, l'entreprise serait plus compétitive, l'économie prospérerait, le chômage serait résorbé et tout le monde serait plus heureux dans son travail ;

– *dans les milieux politiques :* le mot « homme politique » deviendrait synonyme de « sage » (plutôt que « beau parleur » ou « opportuniste »).

Cette Charte de la sieste comporte les sept articles suivants :

Article premier : La sieste est une activité sacrée. Tout être humain, quels que soient son âge, son sexe et sa profession, a droit à la sieste. La sieste, la sienne comme celle des autres, est une activité hautement nécessaire et respectable. Il est interdit, sauf cas de force majeure, de réveiller quelqu'un qui fait la sieste.

Article 2 : Il est indispensable de faire la sieste au moins une fois par jour.

Article 3 : La sieste est le plus important de tous les rendez-vous de la journée. Aucune activité ne justifie de se priver de sieste.

Article 4 : Il est possible de faire la sieste n'importe où, dans n'importe quelle position, allongé, assis ou debout, en silence ou avec du bruit, en voiture, dans le train...

Article 5 : La durée d'une sieste peut être comprise entre une minute et plusieurs heures. Mieux vaut une sieste d'une minute que pas de sieste du tout.

Article 6 : Le moindre signe de fatigue (clignement des yeux, baisse de rendement, trou de mémoire...) traduit un besoin impératif de faire la sieste. Ce besoin peut et doit être satisfait rapidement (n'importe quel animal autre que l'homme le ferait d'ailleurs spontanément).

Article 7 : Le temps passé à faire la sieste n'est pas du temps perdu mais du temps gagné.

Résultats du test

Comptez 10 points pour chacune des réponses suivantes :
1A - 2C - 3C - 4C - 5C - 6C - 7C - 8C - 9E - 10C.

Comptez 5 points pour chacune des réponses suivantes :
1B - 2B - 3B - 4B - 5A - 6B - 8B - 9D.

Additionnez pour obtenir le total :
Mon score est de ..... sur 100.

– **85 à 100 points :** vous êtes un champion de la sieste, ou presque. Félicitations et continuez à pratiquer. Vous êtes déjà un spécialiste !

– **entre 45 et 80 points :** vous avez déjà quelques compétences en matière de sieste. C'est bien, mais vous pouvez faire mieux ! Faites la sieste plus souvent, relisez ce livre, mettez consciencieusement en application le chapitre « Comment faire la sieste » et votre score augmentera.

– **inférieur ou égal à 40 points :** vous êtes un débutant en matière de sieste. Ne désespérez pas. C'est à vous que ce livre peut apporter le plus !

Ce test est également disponible en ligne sur le site internet de l'IBC. Votre score est alors automatiquement calculé par l'ordinateur. Allez sur http://www.comby.org, choisissez le drapeau correspondant à la langue de votre choix, puis cliquez sur « sieste ».

Bibliographie

Les bienfaits de la sieste ont été étudiés par des équipes de recherche scientifique dans de nombreux laboratoires du monde entier. Vous trouverez ci-dessous quelques références de publications sur ce sujet :

- Aber R. and Webb W.B., Department of Psychology, University of Florida, Gainesville 32611, USA, « Effects of a limited nap on night sleep in older subjects », *Psychology of aging,* december 1986, vol. 1 (4), pp. 300-302.
- Akerstedt T. and Gillberg M., « Unrestricted sleep at different times of the day », *Chronobiologia,* 1979, 6/2.
- Augustin B., « Le sommeil mis à nu », *le groupe familial,* n° 102, 1984.
- Bannerman D.J., Sheldon J.B., Sherman J.A. and Harchik A.E., Department of Human Development, University of Kansas, Lawrence, 66045, USA, « Balancing the right to habilitation with the right to personal liberties: the rights of people with mental disabilities to take a nap », *Journal of Applied Behaviour Annals,* Spring 1990, vol. 23 (1), p. 79-80.
- Benoit O. and Foret J., « Circadian regulation of wake-sleep cycles », *Neurophysiolog Clinic,* 1988, 18/5, p. 403-431.
- Billiard M., « Les troubles du sommeil et de l'éveil », *Encyclopédie méd. chir.* (Paris), *Neurologie,* 17025 B 10, 9-1988, 9 p.

- Billiard M., Besset A., Touchon J., Touzery A., Cadilhac J., « Pathologie du sommeil et au cours du sommeil. Méthodes d'explorations et indications », *Semaine des Hôpitaux de Paris,* 1989, 65, p. 37-45.
- Billiard M., « Physiologie et pathologie du sommeil », *Revue des Maladies respiratoires,* 1990, 7, p. 381-389.
- Bonnet M.H., Pettis Memorial Hospital, Loma Linda, California, 92357, USA, « Sleep restoration as a function of periodic awakening, movement or electroencephalographic change », *Sleep,* August 1987, vol. 10 (4), p. 364-373.
- Bonnet M.H., Pettis Memorial Hospital, Loma Linda, California, 92357, USA, « Performance and sleepiness following moderate sleep disruption and moderate slow wave deprivation », *Physiolog. Behav.,* 1986, vol. 37 (6), p. 915-918.
- Borbély A., *Les secrets du sommeil,* éditions Belfond, 1985.
- Campbell J., « Les rythmes biologiques », éditions Robert Laffont.
- Carskadon M.A. and Dement W.C., « Cumulative effects of sleep restriction on daytime sleepiness », *Psychophysiology,* 1981, 18/2, p. 107-113.
- Chapouton A.M. and Dessons C., « La sieste », Milan, 1988.
- Colonna L. and Ginestet D., « Les troubles du sommeil et leurs traitements », Laboratoires Wieth-Byla, 1974.
- Dadmehr N., Congbalay D.R., Pakalnis A. and Drake M.E., Department of Neurology, Ohio State University, College of Medicine, Colombus, USA, « Disturbed sleep and somatic complaints », *Clinical EEG,* 1987, 18/2, p. 81-84.
- Daiss S.R., Bertelson A.D., and Benjamin L.T., « Napping versus resting: effects on performance and mood », *Psychophysiology,* 1986, 23/1, p. 82-88.
- Debondy J., « Les rythmes biologiques », *L'impatient,* n° 154, septembre 1990.
- Dement W. et Guilleminault C., « Les troubles du sommeil », *La Recherche,* 1974, 42, p. 120-129.
- Dinges D.F., Orne M.T., Whitehouse W.G. and Orne E.C., Unit for Experimental Psychiatry, Institute of Pennsylvania Hospital, Philadelphia, 19139-2798, USA, « Temporal place-

ment of a nap for alertness: contributions of circadian phase and prior wakefulness », *Sleep,* 1987, 10/4, p. 313-329.
- Dinges D.F., Whitehouse W.G., Orne E.C. and Orne M.T., « The benefits of a nap during prolonged work and wakefulness », *Work-Stress,* 1988, 2/2, p. 139-153.
- Fluchaire P., « *Le rêve : mode d'emploi. Réapprendre à rêver pour découvrir et exploiter toutes ses potentialités intérieures »,* éditions Ellebore, 1989.
- Gastaut H., Gomez-Almanzar M. and Taury M., « The forced nap: a simple, efficacious method to induce sleep activation in epileptics », *EEG-EMG-Z Electroenzephalogr. Verw. Geb.,* 1983, 14/1, p. 1-5.
- Gillin J.C., Kripfe D.F., Janowski D.S. and Rish S.C., Department of Psychiatry, San Diego Veterans Administration Medical Center, CA, USA, « Effects of brief naps on mood and sleep in sleep-deprived depressed patients », *Psychiatry Research,* March 1989, vol. 27 (3), p. 263-265.
- Harma M., Knauth P. and Ilmarinen J., Institute of Occupational Health, Helsinki, Finland, « Daytime napping and its effects on alertness and short term memory performance in shiftworkers », *Int. Arch. Occup. Environ. Health,* 1989, vol. 61 (5), p. 341-345.
- Hauri P., *The sleep disorders,* Kalamanzoo, The Upjohn Company, 1977.
- Hazemann P., Laffont F. and Lille F., « Determination of the degree of mental alertness in the elderly », *Rev. EEG Neuro Physio Clin,* 1977, 7/2, p. 203-209.
- Hufeland C.W., *Die Kunst, das menschliche Leben zu verlängern,* 2e édition, Iéna, 1978.
- Ishihara K., Miyasita A., Inugami M., Fukuda K. and Miyata Y., Notre Dame Seishin University, Okayama, Japan, « Differences in sleep/wake habits and EEG sleep variables between active morning and evening subjects », *Sleep,* August 1987, vol. 10(4), p. 330-342.
- Koch P., Soussignan R., and Montagner H., « New data on the wake/sleep rythm of children », *Acta Paediatr. Scand.,* 1984, 73/5, p. 667-673.

- Kupfer D.J., Gillin J.C., Coble P.A. *et al.*, « REM sleep, naps and depression », *Psychiatr. Research,* 1981, 5/2, p. 195-203.
- Lavie P. and Weler B., Sleep Laboratory, Faculty of Medicine, Technion, Israel Institute of Technology, Haifa, « Timing of naps: effects on post-nap sleepiness levels », *Electro-encephalogr. Clin. Neurophysiol.,* March 1989, vol. 72 (3), p. 218-224.
- Lehman G., « Biological cycles and performances of work », New York, 1962, p. 285.
- Levedan P., « Dictionnaire illustré de la mythologie et des antiquités grecques et romaines », Hachette, 1931.
- Levine B., Roehers T., Stepanski E., Zorick F. and Roth T., Henry Ford Hospital, Sleep Disorders and Research Center, Detroit, MI 48202, USA, « Fragmenting sleep and its recuperative value », *Sleep,* December 1987, vol. 10 (6), p. 590-599.
- Lietti Anna, « La sieste », *L'Hebdo,* 23 août 1990.
- Matsumoto K., Department of Hygiene, Kyorin University School of Medicine, Tokyo, Japan, « Effects of consecutive night shifts with prolonged on-duty and overtime work on various sleep », *JPN Journ. Ind. Health,* 1984, 26/4, p. 315-324.
- Matsumoto K. and Morita Y., Department of Hygiene, Kyorin University School of Medicine, Tokyo, Japan, « Effects of night time nap and age on sleep patterns of shift workers », *Sleep,* December 1987, vol. 10 (6), p. 580-589.
- Mitler M.M., Gujavarty K.S., Sampson M.G. and Browman C.P., « Multiple daytime nap approaches to evaluating the sleepy patient », *Sleep,* 1982, 5/suppl. 2, p. 119-127.
- Moses J., Lubin A., Naitoh P. and Johnson L.C., « Circadian variation in performance, subjective sleepiness, sleep and oral temperature during an altered sleep/wake schedule », *Biol. Psychol.,* 1978, 6/4, p. 301-308.
- Moses J., Naitoh P. and Johnson L.C., « The REM cycle in altered sleep-wake schedules », *Psychophysiology,* 1978, 15/6, p. 569-575.
- Moses J., Hord D.J., Lubin A. *et al.*, « Dynamics of nap sleep during a 40 hour period », *Electro-enceph. Clin. Neurophysiol.,* 1975, 39/6, p. 627-633.

– Othmer E., Mendelson W.B., Levine W.R. *et al.*, « Sleep related growth hormone secretion and morning naps », *Steroids Lipids Research,* 1974, 5/5-6, p. 380-386.
– Planchon J., « Le repos et le sommeil des enfants à la colonie de vacances : réveil, sieste libre, activités calmes et silencieuses », éditions Scarabée, 1971, 154 p.
– Racle G., « Faites connaissance avec vos rythmes biologiques », *Nutrition Évolutive,* n° 12, 4e trimestre 1990.
– Rogers A.S., Spencer M.B., Stone B.M. and Nicholson A.N., « The influence of a one hour nap on performance overnight », *Ergonomics,* October 1989, vol. 32 (10), p. 1193-1205.
– Shakespeare W., *Othello,* acte III, scène III.
– Slap J.W., « On dreaming at sleep onset », *Psychoanalquart,* 1977, 46/I, p. 71-81.
– Soussignan R., Koch P. and Montagner H., « Contribution to the temporal patterning of night and nap sleep in children », *CR Acad. Sciences,* Ser. III, 1985, 300/8, p. 359-362.
– Stahl M.L., Orr W.C. and Bollinger C., « Postprandial sleepiness », *Sleep,* 1983, 6/1, p. 29-35.
– Stampi C., « Polyphasic sleep strategies improve prolonged sustained performance: a filed study on 99 sailors », *Work-Stress,* 1989, 3/1, p. 41-55.
– Sugerman J.L. and Walsh J.K., Deaconess Hospital Sleep Disorders Center, St Louis, Missouri, USA, « Physiological sleep tendency and ability to maintain alertness at night », *Sleep,* April 1989, vol. 12 (2), p. 106-112.
– Taub J.M., « Effects of habitual variations in napping on psychomotor performance, memory and subjective states », *Intern. Journ. Neuro. Sci.,* 1979, 9/2, p. 97-112.
– Taub J.M., Tanguay P.E. and Clarkson D., « Effects of daytime naps on performance and mood in a college student population », *J. Abnorm. Psychol.,* 1976, 85/2, p. 210-217.
– Taub J.M., Tanguay P.E. and Rosa R.R., « Effects of afternoon naps on physiological variables: performance and self-reported activation », *Biol. Psychol.,* 1977, 5/3, p. 191-210.
– Trichopoulos D., Tzonou A., Christopoulos C., Havatzoglou S. and Trichopoulou A., « Does a siesta protect from coronary

heart disease? », *Lancet,* 1st August 1987, vol. 2 (8553), p. 269-270.
- Trichopoulos D., Tzonou A., Christopoulos C., Havatzoglou S. and Trichopoulou A., « Siesta and risk of coronary heart disease », *Stress Med.,* 1988, 4/3, p. 143-148.
- Wiegand M., Berger M., Zulley J. *et al.,* « The influence of daytime naps on the therapeutic effect of sleep deprivation », *Biol. Psychiatry,* 1987, 22/3, p. 389-392.
- Wolinski M. et Wolinski G., « La divine sieste de papa », éditions Messidor-La Farandole, 1986, 64 p.
- Wynne J.W., Block A.J., Hunt L.A. and Flick M.R., « Breathing and oxygen desaturation during daytime naps », *John Hopkins Medical Journal,* 1978, 143/1, p. 3-7.

Remerciements

Je tiens à remercier tout particulièrement ici tous ceux qui, d'une manière ou d'une autre, ont collaboré à la rédaction de cet ouvrage. Sans eux, ce livre ne serait pas ce qu'il est :

– Jacques Chirac, grand pratiquant et spécialiste de la sieste, pour son aimable et très sympathique préface ;

– le professeur Michel Billiard, éminent spécialiste du sommeil, de renommée internationale, qui a bien voulu cautionner ce travail sur le plan scientifique. Sa préface nous rappelle que la sieste n'est pas simplement agréable, mais que les bienfaits en sont scientifiquement démontrés ;

– Jean-Claude Bourret, Daniel Ameline, Pierre Bonnet et la Fédération des syndicats patronaux en Suisse, pour leurs préfaces et encouragements respectifs ;

– Jean Giraud/Mœbius pour son mot d'introduction ;

– la famille Chopin chez qui j'ai pu m'isoler et trouver un cadre calme et accueillant pour écrire sans être dérangé ;

– mes parents, ma famille et mes amis de l'IBC pour leur soutien moral ;

– le docteur Christian Caussé (ancien médecin du Premier ministre, mon meilleur ami depuis de nombreuses années, fondateur et président de l'Institut Bruno Comby), Hubert et Élizabeth, François Legrand, Birgitta Lembke, Jacques Maire, Yves de Saint-Agnès, ma sœur Claire, ma mère Anne-Marie, mes beaux-parents et mon épouse Anne-Isabelle, pour leurs relectures et suggestions sur le manuscrit ;

– Simone Weiss pour les corrections orthographiques et grammaticales ;

– l'éditeur, l'imprimeur et le diffuseur, qui ont fabriqué ce livre et l'ont mis à votre disposition ;

– à vous aussi, qui avez courageusement lu ce livre jusqu'au bout et qui avez donc partagé ce travail avec nous ;

– et à tous les autres, qui ont soutenu mes recherches et la rédaction ou la diffusion de ce livre par leurs pensées ou leurs actions...

Je vous souhaite à tous de merveilleuses siestes. Merci beaucoup, vous êtes formidables !

Présentation de l'auteur

Bruno Comby, né en 1960, ingénieur de l'École polytechnique, pratique la sieste depuis son plus jeune âge. Il est l'auteur du premier livre de notoriété internationale sur ce sujet et fait autorité dans le monde en matière de sieste.

Il dirige un institut portant son nom (l'Institut Bruno Comby) créé par le docteur Caussé. L'IBC œuvre pour la promotion de la santé publique, en collaboration avec une équipe de médecins et de chercheurs hospitaliers de renommée internationale.

Ancien chargé de cours à la faculté de médecine de Paris, Bruno Comby anime des conférences dans le monde entier, en s'adressant tour à tour au public, aux entreprises, aux médecins, aux hommes politiques (de tous les partis) et aux médias.

Il est l'auteur de dix livres mondialement connus sur la santé et le bien-être, qui ont été traduits en anglais, allemand, italien, espagnol, portugais, tchèque, roumain, russe, chinois, japonais, coréen et ont fait l'objet de plus de quinze cents émissions TV, radio et articles de presse dans le monde entier.

Biographie plus complète de l'auteur sur :
http://www.comby.org

Le stressomètre

pour mesurer les bienfaits de la sieste

Saviez-vous que lorsque vous êtes stressé votre tremblement microscopique augmente ? Et qu'il diminue en faisant la sieste ?

La sieste dissout les tensions, éloigne le stress, favorise la détente nerveuse et améliore la maîtrise de soi. Il est possible d'en mesurer scientifiquement les bienfaits au moyen du stressomètre Comby, un nouveau système révolutionnaire pour gérer son stress. Il s'agit d'un appareil de mesure du Tremblement Nerveux microscopique au Repos (TNR : Tremor of the Nervous system at Rest). En effet, le corps humain est animé en permanence d'un très léger tremblement (presque imperceptible à l'œil nu, mesurable avec précision au moyen d'un accéléromètre), d'amplitude microscopique, des mains et des extrémités du corps, qui est une bonne représentation du niveau de stress de l'organisme.

Cet appareil inventé et développé par l'auteur puis validé en milieu hospitalier en collaboration avec le comité scientifique et médical de l'Institut Bruno Comby. Il est utilisé par de nombreux médecins, hôpitaux et laboratoires dans le monde entier, ainsi que par le public, pour des recherches sur le stress et pour apprendre à mieux gérer le stress dans la vie quotidienne.

Tel un petit sismographe appliqué au corps humain, il mesure avec une grande précision les tremblements de très faible amplitude (de l'ordre du millième de millimètre) de l'organisme. Ce système permet ainsi de quantifier objectivement et sur une échelle de 0 à 999 unités de TNR le degré de nervosité d'un individu et les bienfaits de la sieste sur l'équilibre nerveux. Les bons résultats sont entre 0 et 25 TNR, les scores moyens de 25 à 50 TNR, au-dessus de 50 TNR le résultat est élevé, et il devient très élevé ou pathologique au-dessus de 100 TNR. Tout ce qui augmente le niveau de stress : nicotine, caféine, adrénaline, augmente le TNR. Tout ce qui diminue le stress (bonne hygiène de vie, alimentation saine, ne pas fumer, ne pas consommer de café ou d'excitants, yoga, relaxation, respiration profonde et bien sûr la pratique de la sieste) diminue le TNR et améliore la maîtrise de soi. Les études cliniques faites avec le stressomètre Comby ont montré qu'une séance de relaxation de 30 minute ou la pratique de la sieste diminuent en moyenne de 30% le niveau de stress.

En mesurant son niveau de tremblement nerveux au repos (TNR) avant et après une sieste, et en comparant les résultats entre les pratiquants et les non-pratiquants de la sieste, chacun peut ainsi constater les bienfaits de la sieste sur son niveau de stress et déterminer scientifiquement le type de sieste (sieste-flash, standard ou royale) qui lui convient le mieux.

Pour plus d'informations à ce sujet :

http://www.tnr.fr (puis cliquer sur « Mesure du tremblement »)

L'Institut Bruno Comby

L'Institut Bruno Comby (IBC) regroupe des lecteurs, des amis, ainsi que des personnalités, médecins et scientifiques, qui apprécient et soutiennent les recherches et les livres de B. Comby. L'objectif de l'IBC est « de favoriser la promotion de la santé publique, du bien-être des citoyens, de la prévention et d'un meilleur mode de vie pour améliorer la santé, la prospérité et les performances des individus, des entreprises et des institutions, pour la préservation de l'environnement et l'amélioration des conditions de vie » (extrait des statuts).

L'IBC regroupe actuellement des membres dans plusieurs pays, en France, mais aussi au Canada, en Belgique, en Allemagne, aux États-Unis, aux Pays-Bas, en Suisse, en Finlande, en Espagne, au Japon.

L'IBC organise des travaux de recherche portant sur la prévention, l'amélioration des performances, en particulier la maîtrise du stress, le sommeil, l'arrêt du tabac, la nutrition. L'IBC développe une nouvelle pédagogie de la santé pratique, organise des activités d'information, ainsi que des travaux de recherche scientifique.

Nous sommes persuadés que c'est en aidant chacun à mieux vivre, en adoptant une attitude exemplaire, en développant une meilleure hygiène de vie que la société tout entière pourra évoluer favorablement.

L'IBC est doté d'un Comité d'honneur et d'un Comité scientifique et médical. Ces deux comités, composés d'éminentes personnalités, apportent leur soutien moral.

Pour devenir membre de l'IBC, il suffit de remplir un bulletin d'adhésion disponible sur http://www.comby.org et de choisir l'une des catégories suivantes :

- les membres sympathisants ont accès aux informations proposées par l'IBC. Une cotisation réduite est prévue afin de permettre à tous de devenir membres de l'institut.

- les membres actifs s'engagent en outre à donner l'exemple en respectant une hygiène de vie consistant :

(1) à être non-fumeur et à s'abstenir de toute consommation de drogues ou de stupéfiants ;

(2) à limiter leur consommation d'alcool et de café ;

(3) à surveiller leur alimentation ;

(4) à améliorer la qualité de leur sommeil ;

(5) à penser et à agir aussi positivement que possible en toutes circonstances, en s'efforçant de participer de leur mieux à la construction d'un monde meilleur.

Tous (y compris ceux qui ne cotisent pas) bénéficient gratuitement de la liste de diffusion sur internet de l'IBC, et sont ainsi régulièrement informés des activités en cours (recherches, nouveautés scientifiques, nouveaux livres, prochaines émissions de radio ou TV, etc.).

Les membres de l'IBC bénéficient des bienfaits de la prévention, d'une santé accrue et de meilleures performances grâce aux conseils de santé préventive diffusés par l'IBC. Chacun contribue ainsi à son propre bien-être, à l'amélioration de la santé publique et à la réduction des dépenses de santé.

Les membres de l'IBC ont l'honneur d'appartenir à un institut prestigieux qui œuvre à l'échelle internationale pour le bien public et le progrès scientifique et technologique dans le respect de l'environnement (écologie planétaire) et de la personne humaine (écologie humaine).

Tous ensemble, nous pouvons contribuer à améliorer un peu la condition humaine : apprenons pour cela à améliorer notre propre vie et nos comportements quotidiens.

Pour tout renseignement, voir le site :
http://www.comby.org

Pour aller plus loin

Lisez (du même auteur) :

- *Stress-Control*
- *Mangez mieux, vivez mieux*
- *Santé préventive.*

Connectez-vous sur le site de l'IBC : www.comby.org

Vous y trouverez des informations sur la sieste et la santé, des photos de siesteurs en pleine action, une version en ligne du test « Êtes-vous un champion de la sieste ? », des renseignements sur l'Institut Bruno Comby (IBC), une présentation détaillée des livres de l'auteur, des conseils pour bien faire la sieste, devenir un champion du sommeil, vous initier aux siestes-flash. Afin d'être tenu au courant des activités du centre, vous pouvez vous inscrire gratuitement sur sa liste de diffusion.

Utilisez le Stressomètre Comby™ :

Il s'agit d'un appareil électronique, inventé par l'auteur, qui révolutionne les méthodes de contrôle et de réduction du stress. Cet appareil présenté sur http://www.tnr.fr mesure avec précision le tremblement nerveux au repos (TNR™) qui traduit le degré de nervosité d'un individu. La mesure est simple, fiable et ne dure que vingt secondes. Le Stressomètre™ permet aussi de constater par soi-même et de démontrer scientifiquement à son entourage les bienfaits de la sieste. En effet, le tremblement nerveux augmente en situation de stress et diminue au cours d'une sieste. L'indice de nervosité peut baisser facilement de 30 % après une simple sieste ! Avec le Stressomètre™ (modèle portatif ou version USB pour PC), on mesure son niveau de stress aussi bien chez soi qu'au travail ! L'appareil aide à diminuer son niveau de stress et permet à chacun de découvrir le type de sieste qui lui convient le mieux.

Signez la pétition en faveur de la sieste !
http : //www.comby.org/signat/sigsiefr.htm

Bienêtre

7705

Composition Nord Compo
Achevé d'imprimer en France (Manchecourt)
par Maury-Eurolivres
le 17 avril 2005.
Dépôt légal avril 2005. ISBN 2-290-34804-X

Éditions J'ai lu
84, rue de Grenelle, 75007 Paris
Diffusion France et étranger : Flammarion